Exploração

Gabriela Wiener

Exploração

tradução
Sérgio Molina

todavia

*Nos peruanos, a imbecilidade artificial do corpo
estava ligada à imbecilidade fáctica da alma*

Charles Wiener

*Entre pais e filhos, a única compreensão possível
parece ser a perplexidade*

Heinrich Böll

A própria morte pode vivificar

Ariosto

Primeira parte

O mais estranho de estar sozinha aqui, em Paris, na sala de um museu etnográfico quase ao pé da Torre Eiffel, é pensar que todas essas estatuetas que se parecem comigo foram arrancadas do patrimônio cultural do meu país por um homem de quem carrego o sobrenome.

Meu reflexo na vitrine se mistura com os contornos dessas figuras — de pele marrom, olhos como pequenas feridas brilhantes, nariz e pômulos de bronze com o mesmo lustro dos meus —, a ponto de formar com elas uma única composição, hierática, naturalista. Um tataravô não passa de um vestígio na vida de uma pessoa, mas não quando ele levou para a Europa a bagatela de quatro mil peças pré-colombianas. E quando seu maior mérito é não ter encontrado Machu Picchu, mas ter chegado muito perto.

O Musée du quai Branly fica no VII Distrito, em pleno cais que lhe dá o nome, e é um daqueles museus da Europa que abrigam grandes coleções de arte não ocidental, da América, Ásia, África e Oceania. Trocando em miúdos, são museus muito bonitos, erguidos sobre ações muito feias. Como se seus criadores acreditassem que, pintando os tetos com motivos da arte aborígine australiana e enchendo os corredores de palmeiras, a gente se sentiria um pouco em casa e esqueceria que tudo ali dentro deveria estar a milhares de quilômetros. Inclusive eu.

Aproveitei uma viagem de trabalho para finalmente conhecer a coleção Charles Wiener. Toda vez que vou a um lugar como esse, preciso reprimir a vontade de reivindicar a posse desses objetos e, em nome do Estado peruano, pedir que me devolvam tudo, impulso que se acentua na sala que leva meu sobrenome, cheia de estatuetas de cerâmica antropomórficas e zoomórficas de diversas culturas pré-hispânicas com mais de mil anos. Tento achar uma proposta de percurso, um caminho que contextualize as peças no tempo, mas elas são exibidas de forma desconexa e isolada, nomeadas apenas com rubricas vagas ou genéricas. Tiro várias fotos da parede onde se lê "Mission de M. Wiener", como quando viajei à Alemanha e, com duvidosa satisfação, vi meu sobrenome por toda parte. Wiener é um desses sobrenomes derivados de lugares, como Epstein, Aurbach ou Guinzberg. Algumas comunidades judaicas costumavam adotar o nome da sua cidade ou aldeia por motivos sentimentais. Wiener é um gentílico, significa "vienense" em alemão. Como as salsichas. Demoro alguns segundos para perceber que o M. é de Monsieur.

Embora a viagem dele tenha sido uma missão científica do típico explorador do século XIX, nas reuniões de amigos costumo brincar que meu tataravô era um *huaquero* internacional. Chamo de *huaqueros*, sem meias palavras, os saqueadores de sítios arqueológicos que até hoje pilham e traficam bens culturais e artísticos. Podem ser cavalheiros muito intelectuais ou mercenários, e podem levar tesouros milenares para museus da Europa ou para as salas dos seus casarões limenhos. A palavra *huaquero* vem do quíchua *huaca* ou *wak'a*, nome dos locais sagrados dos Andes que hoje, em sua maioria, são sítios arqueológicos ou simples ruínas. Nas suas catacumbas costumavam ser sepultadas as autoridades comunitárias com seu enxoval funerário. Os *huaqueros* invadem sistematicamente esses lugares à procura de tumbas ou objetos valiosos e, por causa dos seus métodos pouco profissionais, costumam deixá-los em petição de miséria. O problema é que essa prática inviabiliza todo estudo posterior confiável, tornando impossível rastrear qualquer marca de identidade ou memória cultural para reconstruir o passado. Por isso, *huaquear* é uma forma de violência: transforma fragmentos da história em propriedade privada para adereço e decoração de um ego. Os *huaqueros* também são homenageados com filmes de Hollywood, como os ladrões de quadros. São malfeitorias não isentas de glamour. Wiener, para ficar no exemplo do meu tataravô, passou à posteridade não só como estudioso, mas como "autor" desta coleção de obras, apagando seus autores reais e anônimos, respaldado pelo pretexto científico e pelo dinheiro de um governo imperialista. Naquele tempo, bastava remexer um pouco de terra para ser chamado de arqueólogo.

Percorro as galerias da coleção Wiener e, em meio às vitrines abarrotadas de *huacos*, uma delas me chama a atenção por estar vazia. Na legenda, leio *Momie d'enfant*, mas não há nem rastro dela. Por alguma razão, esse espaço em branco me acende um alerta. Por ser um túmulo. Por ser o túmulo de uma criança não identificada. Por estar vazio. Por ser, afinal, um túmulo aberto ou reaberto, infinitamente profanado, exibido como parte de uma exposição que conta a história do triunfo de uma civilização sobre outras. Será que a privação do sono eterno de uma criança pode contar essa história? Eu me pergunto se levaram a pequena múmia para restauração como se fosse um quadro, deixando a vitrine vazia como uma piscadela para certa arte de vanguarda. Ou se o espaço onde ela não está é uma denúncia permanente do seu desaparecimento, como quando roubaram um Vermeer de um museu em Boston e a moldura vazia foi deixada para sempre na parede, para que ninguém se esquecesse daquilo. Fico especulando sobre a ideia do roubo, da mudança, da repatriação. Se eu não viesse de um território de desaparecimentos forçados, onde se costuma desenterrar mas sobretudo enterrar clandestinamente, pode ser que esse túmulo invisível atrás do vidro não me chamasse a atenção. Mas algo insiste dentro de mim, talvez porque a legenda diga que a múmia ausente era de uma criança da Costa Central, de Chancay, do departamento de Lima, a cidade onde nasci. Minha cabeça vagueia entre pequenas fossas imaginárias, cavadas na superfície, finco a pá no vão da irrealidade e retiro a poeira. Dessa vez meu reflexo de perfil incaico não se mistura com nada e é, por alguns segundos, o único conteúdo, ainda que espectral, da vitrine vazia. Minha sombra presa no vidro, embalsamada e exposta, substitui a múmia, borra a fronteira entre a realidade e a montagem, restaura o corpo faltante e propõe uma nova cena para a interpretação da morte: minha sombra lavada e perfumada, eviscerada, sem antiguidade, como uma pinhata translúcida cheia de mirra, algo que não possa ser devorado e devastado pelos cães selvagens do deserto.

Um museu não é um cemitério, por mais que pareça. A exposição de Wiener não explica se o pequeno ausente foi sacrificado num ritual, se foi assassinado ou se morreu de causas naturais; nem quando nem onde. O certo é que este lugar não é uma *huaca* nem o topo de um vulcão propício à oferenda aos deuses e aos homens para que abençoem a colheita e para que a chuva caia grossa e constante como nos mitos, como uma saraivada de dentes de leite e rubros grãos de romãs sumarentas regando os ciclos da vida. Aqui as múmias não se conservam tão bem como na neve.

Os arqueólogos dizem que, nos vulcões mais altos do extremo Sul, as crianças encontradas parecem dormir em tumbas de gelo, e ao vê-las pela primeira vez tem-se a impressão de que a qualquer momento poderiam acordar do seu sono de séculos. Elas se conservam tão bem que quem as vê pensa que poderiam começar a falar no mesmo instante. E nunca estão sozinhas. Juntas foram enterradas As Crianças de Llullaillaco, na cordilheira dos Andes: a Menina do Raio, de sete anos; o Menino, de seis; e a Donzela, de quinze. E juntas foram desenterradas.

Numa época nem tão remota, aqui mesmo, numa capital europeia, as crianças também eram enterradas no mesmo setor do campo-santo, como se fossem todas irmãzinhas ou tivessem sido levadas ao mesmo tempo por uma peste e passassem a habitar uma espécie de minicidade fantasma dentro da grande cidade dos mortos, para que, se acordassem no meio da noite, pudessem brincar juntas. Sempre que visito um cemitério, tento dar uma passada pelo espaço *kids*, vou lendo entre sobressaltos e suspiros as despedidas que as famílias deixaram nas lápides e fico imaginando sua vida frágil e sua morte, muitas vezes causada por doenças banais. Penso, diante desse sepulcro infantil não encontrado, se o terror que a morte das crianças nos provoca hoje não virá dessa antiga fragilidade, se não teremos esquecido o costume de sacrificá-las, a normalidade de perdê-las. Nunca vi um túmulo de uma criança contemporânea. Quem no seu perfeito juízo levaria o cadáver do filho para um cemitério? Só se for louco. Quem inventaria de enterrar uma criança, viva ou morta?

Essa criança sem túmulo, ao contrário, esse túmulo sem criança, não só não tem irmãos nem companheiros de brincadeiras, como agora está perdida. Se ela estivesse aí, imagino uma pessoa, eu mesma, cedendo ao impulso de pegar no colo a *Momie d'enfant*, o guri *huaqueado* por Wiener, envolto num tecido com motivos de serpentes bicéfalas e ondas de mar roído pelo tempo, e sair correndo pelo cais afora, deixando o museu para trás, e disparar rumo à torre, sem nenhum plano concreto além de fugir para bem longe daqui, dando tiros para o alto.

O avião não chegou a tempo, ou é isso que costumamos dizer quando alguém morre, como se não fôssemos nós que sempre chegamos tarde. Minha mãe, que para variar passou dias evitando revelar-me a verdadeira gravidade do problema, finalmente abriu o jogo e me ligou pedindo que eu fosse lá, que eu voasse: vem voando, Gabi, porque teu pai não vai aguentar muito; e tive de reconhecer que no fundo eu poderia ter deduzido que isso ia acontecer. Desnorteada, zanzando pelo T4 do aeroporto de Barajas, peguei o voo transatlântico com um nó na garganta, e quando aterrissei já não havia mais nó, nem enredo, nem pai.

Nada prepara a gente para o luto, nem todos aqueles livros tristes que eu vinha lendo feito louca havia uma década. Eu podia reconhecer Goldman falando com uma árvore numa rua do Brooklyn, uma árvore que podia ser sua mulher Aura depois que uma onda a matou. Ou Rieff soltando tiradas inteligentes no hospital para que ninguém notasse o quanto sofria pela mãe, a egocêntrica Sontag, incapaz de aceitar que estava morrendo. Ou Del Molino tocando mil vezes a mesma música no iPod para esconjurar a maldita leucemia do seu bebê. Ou Bonnet repetindo mentalmente para entender que seu filho não estava mais vivo: "O Daniel se matou". Ou Hitchens cheio de câncer mandando Deus à merda. Ou Herbert lidando com o fato de ser filho de uma puta à beira da morte. Ah, todos esses livros que eu me lembro de ter lido de uma sentada, pois, cada vez que me afastava das suas páginas, sentia que estava deixando os autores sozinhos diante do perigo e não podia me permitir essa traição. É verdade, como diz Joan Didion, que todos nós sobrevivemos mais do que pensamos ser capazes. E algumas pessoas fazem isso para um dia poder escrever algo que ninguém em sã consciência poderia escrever, um livro que fale sobre o luto. Eu nunca poderia fazer uma coisa dessas. Ao chegar em casa, à casa da minha família, entre os poucos pertences que meu pai me deixou, encontro perplexa o famoso livro escrito por Charles Wiener. Na capa, sobre a gravura marrom da paisagem cusquenha, reconheço as letras vermelhas do título e o nome do meu tataravô. Também o celular do meu pai, que ele usou até poucas horas antes de morrer, e seus óculos, que descansam sobre o catatau de páginas amareladas e gastas pelo tempo. Fico por alguns minutos instalada no vazio que o enxuto testamento do meu pai finge preencher. Ainda não pego seu celular, como que tentando deixar a menor quantidade possível de pistas na cena do crime. Meu pai acaba de morrer de câncer num leito de hospital. E agora, para não naufragar por completo, tento me orientar em meio às ilhotas dispersas e às profundezas insondáveis da sua partida. Dizem que, nas fossas abissais, as espécies mais comuns são as bioluminescentes. Sempre penso nisso quando mais no escuro me sinto. Nos seres que reagem quimicamente à escuridão produzindo luz. Digo a mim mesma que eu também posso fazer isso, que sou capaz; afinal, se um molusco só precisa de uma enzima e um pouco de oxigênio para brilhar e confundir os predadores, por que eu não poderia?

Apanho o livro, começo a folheá-lo de trás para a frente e reparo num apêndice que eu não tinha visto, assinado por um certo Pascal Riviale. O título do posfácio é "Charles Wiener, viajante científico ou homem midiático?". É um texto breve, escrito com uma ironia quase sarcástica, que quase chega a ser um libelo; nele, Riviale sustenta que Wiener, mais do que um cientista, foi um homem com habilidades sociais e comunicativas: "Seu estilo por vezes enfático, por vezes sentencioso e cheio de humor — mais próximo do romantismo lírico de um Marcoy que do rigor científico de um D'Orbigny —, era mais afim aos salões mundanos do que aos gabinetes de pesquisa". Em seguida, ele se regozija numa sentença lapidar: "Seu caminho estava traçado: às favas a verdade histórica, viva a arqueologia novelesca!". E termina dizendo que o motivo do seu sucesso foi saber trabalhar certa imagem pública de si mesmo. Nesse ponto, me vem à mente um velho rumor que circula no mundo acadêmico dos peruanistas e que minha família preferiu ignorar: há quem sustente que Wiener é um farsante, um impostor.

Finalmente, ligo o celular do meu pai. Quero saber o que ele fez nas suas últimas horas ou ficar com uma parte dele que não morreu. Sei que estou fazendo algo que a maioria achará condenável, mas a violação da intimidade de um morto é sempre relativa quando se trata do seu pai. É uma dívida que ele tem com você. A verdade, também relativa, de certas coisas, tratando-se do meu pai, é parte de um legado que me pertence.

Sem hesitação, começo fazendo uma busca pelo nome da mulher com quem meu pai teve uma relação paralela e clandestina por mais de trinta anos e outra filha fora do casamento. E, na primeira mensagem que aparece, ele a recrimina por certa infidelidade.

A infidelidade dentro da infidelidade.

Ponho os óculos sujos do meu pai e pela primeira vez na vida, e mais forte ainda desde que saí do avião tarde demais para encontrá-lo vivo, sinto que talvez devesse começar a pensar seriamente que algo desse ser fraudulento me pertence. E não sei mais se me refiro ao meu pai ou a Charles.

Em todas as casas dos Wiener que conheço há um exemplar emoldurado, enfeitando um móvel, dessa reprodução vagabunda em branco e preto do rosto severo do austríaco. Dizem que o retrato original sempre esteve na família e que uma das irmãs do meu avô o guardou até a morte.

A lenda do meu tataravô Wiener é a do discreto professor de alemão que da noite para o dia se torna um Indiana Jones. Um dos meus tios, o que dizem ser mais parecido com ele e se tornou historiador inspirado na façanha do bisavô, foi o único que, nos anos 1980, chegou a ver o livro de Charles, *Perú y Bolivia*, em francês, numa biblioteca parisiense, e até pensou em tentar editá-lo no Peru. Por isso, quando a tradução para o espanhol finalmente saiu, em 1993, meu tio sentiu certa frustração ao ver que outras pessoas tinham se adiantado a ele, mas sentiu sobretudo entusiasmo, porque afinal poderia ler o livro.

No dia do lançamento em Lima, dividiram a mesma mesa o tradutor do livro e o consagrado romancista Edgardo Rivera Martínez, o ex-presidente do Peru Fernando Belaúnde e outros peruanos ilustres, num ato de certa importância cultural. Orgulhosa de que o legado de Charles finalmente fosse reconhecido, minha família compareceu em peso ao evento, e os organizadores anunciaram nossa presença: "Esta noite temos o prazer de contar com os únicos descendentes de Wiener no nosso país", disseram. Eles nem de longe suspeitavam que Charles tinha deixado um filho aqui e que havíamos nos multiplicado à margem da sua figura. Também podíamos ser um bando de impostores, mas eles não se deram ao trabalho de averiguar. E nós, na verdade, também não poderíamos ter apresentado nenhuma prova. Minha família se levantou das cadeiras, sentindo pela primeira vez que esse sobrenome pomposo e estrangeiro tinha alguma serventia.

Na verdade, sem contar aquele retrato sobre a cômoda ou a mesinha de centro das nossas casas anônimas, Charles começava então a ser conhecido no Peru como um dos primeiros estudiosos europeus a confirmar a existência de Machu Picchu, quase quarenta anos antes da chegada de Hiram Bingham e de que a *National Geographic* fotografasse o monumento pela primeira vez, revelando para o mundo sua majestade. Nas imagens em branco e preto da revista, o verde intenso das suas montanhas aparecia retinto; o pico de Huayna Picchu, envolto numa estola de nuvens imaculadas; a atalaia, intacta; as três janelas do céu; a pedra Intihuatana e o relógio de sol, indicando a hora exata. Charles chegou bem perto disso tudo. De fato, foi quem mais perto chegou. É nesse ponto que sempre começo a imaginar como seria minha vida se eu fosse uma autêntica descendente do "descobridor" de uma das Novas Sete Maravilhas do Mundo, por mais que a gente saiba como é essa história da descoberta da América e de outras coisas que sempre estiveram aí. Será que agora eu teria uma casa com piscina? Poderia ir à cidadela no trem turístico sem pagar nada? Poderia reivindicar a posse dessas terras, como muita gente vem fazendo desde a chegada do gringo explorador, em 1911? Deveria ter deixado minha assinatura num dos muros de granito da Porta do Sol — a exemplo de Agustín Lizárraga, o supervisor de pontes cusquenho que chegou lá em 1902, nove anos antes do próprio Bingham, só para sair da cena da História com um gesto punk, inconsequente, infantil —, como quem diz "se não fossem meu tataravô e seu mapinha, você não estaria aqui tirando uma selfie?".

Mas Wiener não conseguiu a façanha e, ainda por cima, deixou muitas pistas nas suas anotações de terreno, com uma localização bem aproximada que ajudou Bingham a chegar, porque não raro entregamos o ouro ao inimigo. "Falaram-me de outras cidades, de Huayna Picchu e de Machu Picchu, e resolvi realizar uma última excursão para o leste, antes de seguir rumo ao sul", escreveu sobre o desvio que o levaria até outras ruínas muito menos importantes e o afastaria definitivamente do achado mais extraordinário da história do Peru. Ter chegado bem perto, a um passo do sucesso, nunca foi um consolo. De fato, entre todas as formas do fracasso, essa é uma das mais exasperantes. E ninguém gostaria de reivindicá-la como herança.

No seu livro, Charles traçou um mapa exato do vale de Santa Ana, com as indicações que recebia dos moradores locais, incluindo os marcos de pedra, e se aproximou muito da estrada real, mas acabou errando o caminho e não descobriu nada, perdeu a chance de ganhar a medalha por topar com uma construção de séculos atrás, fincar a bandeira e cantar *A Marselhesa*.

Não teve a invejável sorte da sua tataraneta que, já no finzinho do século XX, fumou um baseado num sonho dourado, cheia de gratidão ao fim da viagem diante da deslumbrante aparição por entre a névoa da verde e rochosa cidade perdida dos incas, depois de subir picos a cerca de 5 mil metros de altitude, descer longas trilhas do vale sagrado e caminhar vários dias entre o mato pela Trilha Inca, dormindo sob o céu estrelado ao lado das suas melhores amigas, morrendo de vontade de apalpar seus seios. Podemos afirmar, sem medo de mentir, que, apesar de tudo, cheguei a Machu Picchu antes de Charles. Simplesmente cheguei. Ele não.

Na quarta capa do livro de novecentas páginas, publicado originalmente na França em 1880, o estudioso peruano Raúl

Porras Barrenechea celebra Wiener, ao lado de Cieza e Raimondi, como um dos grandes viajantes do Peru republicano. Belaúnde aponta "a penetrante observação do humanista", e o historiador Pablo Macera afirma que, para Wiener, "a história era uma atitude vital, mais que um método ou uma forma de evasão". Gosto da frase de Macera. Já que descendo irremediavelmente de um homem branco europeu, prefiro mil vezes que seja de um aventureiro, e não de um doutor honoris causa.

Por muitos anos meu pai guardou o livro como um tesouro, com suas dezenas de gravuras pitorescas da vida indígena, num lugar especial e inalterável da nossa biblioteca. Eu, no entanto, sempre que arrisquei uma incursão nas suas primeiras páginas, fechei o volume horrorizada, incapaz de entendê-lo como a fascinante crônica de viagem do século XIX que é para tanta gente, e sobretudo incapaz de assimilar seus juízos sobre os índios selvagens. Nada desse personagem eurocêntrico até a alucinação, violento e terrivelmente racista tinha a ver com o que eu sou, por mais que minha família o glorificasse.

Deixei de pensar no livro durante muitos anos. Aquele tijolo que me pesava na consciência quase com seu peso real estava no Peru, e eu na época já morava do outro lado do Atlântico; mas mesmo assim, às vezes, sobretudo quando numa conversa alguém puxava o assunto do meu tataravô *huaquero*, me incomodava pensar que eu ainda não o tinha lido, afinal sou escritora, e até o momento ele é o único Wiener que escreveu um livro de sucesso.

A morte do meu pai vai sempre coincidir com a festa do tomate. Eu fui embora, e meu marido e minha mulher resolveram levar nossa filha à degustação de tomates de Perales da Tajuña, uma cidadezinha nos arredores de Madri, para afastá-la do bafo da morte. Desde que nós três fomos morar juntos, nunca tínhamos passado por uma experiência tão triste e terrível. Eu devia estar lá com eles na festa do tomate naquele início de setembro, seminua e morrendo de calor num lugarejo à beira do Tejo, e não definhando de luto na Lima cinzenta. Nessas degustações, os agricultores exibem as dezenas de tipos de tomates que eles cultivam, alguns do tamanho de uma cabeça e de várias cores, outros rosa-choque e carnudos como um coração.

Quando finalmente arranjo um tempo, leio uma mensagem do Jaime e uma da Roci. O Jaime diz que vai me contar algumas coisas que minha filha fez. Primeiro a levaram ao vilarejo onde costumamos colher umas verduras que nunca comemos. Depois ela ficou olhando as fotos do avô no computador e chorou com aquele choro adulto em que não dizemos nada e apenas deixamos algo cair para depois se levantar. Ela escolheu uma foto e a arquivou numa pasta que chamou de "Vô". Também abriu uma foto dela mesma e ficou olhando para a imagem e começou a recortá-la com o programa de edição. Abriu não sei quantos buracos em volta, e Jaime acha que em todos eles queria encaixar aquela foto do avô. Mas não conseguiu, ou não soube como fazer. Quem sabe um dia a ensinemos a preencher os vazios, mas o mais provável é que ela aprenda por conta própria.

A Roci me conta que na festa dos tomates havia uma porção de lindos casais gays se acariciando, suando e se amando, e que toda essa exuberância lhe atiçou a saudade. Também me conta que imaginou uma menina chorando num aeroporto horrível, e que essa menina era eu. Essa era minha vida, batalhei muito para não cometer tantos erros quanto ele. E de repente estou aqui onde não quero estar. Por culpa dele, porque morreu na pior hora, ou na melhor. Lembro que na nossa última conversa ele me disse com uma pitada de humor que me ardeu por dentro: "Ah, filhinha, se no meu tempo existisse o poliamor...".

Não se passaram nem dois meses desde a última vez que pus os pés nesta cidade. Devia ter ficado, sabia que provavelmente não lhe restava muito tempo, mas fui embora. Quando ele me falou aquela frase sobre o poliamor, achando que com isso nos aproximaríamos, estávamos numa praia de Lima, na casa que tínhamos alugado para nos despedirmos, porque eu não sabia se voltaria a vê-lo com vida. No inverno, as praias limenhas são uma paisagem ártica. Tudo era ocupado pelo corpo já sem corpo do meu pai e pelos movimentos árduos da minha mãe cuidando dele, dando-lhe de comer na boca. Ele acordava, dava uma olhada nos jornais, mas não durava muito. Ele, o jornalista, o escritor, o analista, leitor fiel da imprensa diária, tanto da amiga quanto da inimiga, já não aguentava mais do que alguns minutos com os jornais sobre o peito. Também já não conseguia escrever sua apaixonada coluna diária de análise de conjuntura, mobilizando todos os seus demônios. Eu me aproximava do sofá onde ele dormia, acariciava sua testa e lhe falava do livro de José Carlos Agüero que nós dois tínhamos acabado de ler. Um livro sobre o perdão, sobre nos perdoarmos como sociedade pós-conflito e aprendermos a conviver com o inimigo rendido, escrito pela primeira vez por um personagem estranho, completamente desconhecido da maioria de peruanos: o filho de dois membros do Sendero Luminoso. Meu pai então voltava a me contar a história do pai de José Carlos, que ele recordava como um valente líder dos operários metalúrgicos que um dia perdeu de vista porque entrou no Sendero e mais tarde foi fuzilado durante a operação que sufocou o motim dos presos da penitenciária de El Frontón. Falávamos sobretudo da mãe dele, que meu pai tinha conhecido na militância de esquerda, antes de ela também se tornar senderista. Quando entrávamos nessa parte da história — que era a minha favorita —, meu pai costumava confessar que tinha arrastado a asa para a mãe de José Carlos, que o atraíra muito durante algum tempo. Ela foi sequestrada e assassinada numa praia com uma bala na nuca, anos mais tarde, quando já estava fora do movimento. Meu pai não gostava do tom de reconciliação do livro, sentia que José Carlos não estava muito interessado em reconstruir o passado dos pais nem nas razões que os levaram à violência, comparando-o a uma criança que não sabe o que os pais fazem à noite e, já adulta, decide que também não quer entender. Para mim, ao contrário, a grandeza do livro não estava tanto no seu testemunho ou num suposto ajuste de contas com a família, mas no seu esforço em pensar o que fazer com todo esse entulho que a guerra nos deixou. E o fato de ser escrito por alguém marcado pelo estigma de ser "filho de" fazia com que eu o considerasse mais corajoso ainda. Talvez o que magoasse meu pai fosse esse aparente "desdém" de José Carlos. Talvez sentisse que se dirigia também contra ele e contra toda a sua geração. Afinal, desde os anos 1960, ele e seus companheiros vinham tentando fazer a revolução contra um sistema que não dá trégua. Alguns usando de uma violência brutal, como os pais de José Carlos, alguns sem violência, como o meu. No fundo, acho que o incomodava ver um filho não fazer justiça ao pai.

Como será que meu pai gostaria que eu me lembrasse dele? Será que com ele daria certo meu método de contar minhas próprias mazelas e rir delas para tornar mais suportável contar as dele? Ele aceitaria que eu apontasse sua incoerência como se fosse mais um companheiro de partido numa assembleia, denunciando o abismo entre seu compromisso público e a ética da sua intimidade, sem ter conseguido ser tão bolchevique no amor como na política? Eu escreveria um livro para *lhe fazer* justiça?

A mera possibilidade de escrever sobre ele me faz sentir uma palhaça; na verdade, me faz sentir como o protagonista do romance de Heinrich Böll, *Pontos de vista de um palhaço*, que um dia, ao visitar o pai, chega todo encharcado de café, e o pai pensa que é mais uma das suas palhaçadas, quando ele simplesmente se atrapalhara todo ao tentar preparar um café. Esse é um dos riscos de ser palhaço, nunca ser levado a sério. Com quem escreve acontece a mesma coisa. Não quero rir do meu pai nem ser injusta, só estou encharcada de café da cabeça aos pés.

Apesar de ser eleitor do Belaúnde, meu avô educou os filhos com rigidez. O mais velho, o comunista, sempre lhe dedicou palavras ponderadas; sempre ouvi meu pai falar do pai dele a partir desse estranho lugar que é a compreensão para um filho, ou seja, a partir da perplexidade. Nos anos 1980, meu pai e meu tio foram presos por serem vermelhos e enfrentarem a ditadura da época, mas meu avô nunca recriminou seu comportamento. Odiava os militares tanto quanto eles. Eu podia ter passado mais tempo pensando nisso, mas acabava fantasiando com meu pai e a mãe de José Carlos se pegando nos fundos de alguma assembleia, rodeados de um monte de bandeiras vermelhas com a foice e o martelo.

Nunca pensei que conseguiria abraçar um morto, mas minha mãe nos puxa com firmeza, como quem diz não é um zumbi, é seu pai. Mais tarde, quando nós três nos preparamos para vesti- -lo, retenho a visão dos seus mamilos vermelhos, para nunca esquecer, também acaricio pela última vez a pinta no tornozelo que ele fazia assobiar quando eu a apertava.

A morte: saber que você nunca mais vai ouvir esse som. Minha mãe e eu quase não conseguimos movê-lo. Apalpar a rigidez do morto num corpo que você só conheceu vivo, eis aí uma experiência nova. Está pesadíssimo, porque nos últimos dias se encheu de água. Estranho, mas morrer de certas coisas é como morrer afogado. É o que ele parece, um corpo devolvido pelo mar depois de um périplo entre ondas violentas. Minha mãe faz tudo com circunspecção e desenvoltura, na sua habitual atitude de autossuficiência. É evidente que ela tem nas costas muitos mais mortos do que eu. É minha primeira vez. Depois tomamos um *menestrón* na lanchonete do hospital, e a vida me parece incrível, que esse prato seja tão verde e tão saboroso.

Quando estamos a caminho do velório, lembro que meu pai também não conseguiu se despedir do seu. Morreu de um infarto quando ele estava na Europa, em missão política e jornalística. Quando voltou ao Peru, passado um mês, já não tinha mais pai. Assim como eu agora.

No funeral, sou a terceira viúva mil vezes beijada e babada por toda a esquerda peruana em meio aos gritos de "Quando morre um revolucionário, ele nunca morre". Lá de pé, afinal diante do seu caixão, entre uma coroa de flores enviada por um ex-presidente e outra mandada pelo advogado de um líder terrorista preso, eu me sinto, assim como minha filha na sua rudimentar homenagem no Photoshop ao vovô perdido, rodeada de buracos que eu mesma fiz e não sei como preencher.

Sei umas tantas coisas desse senhor, mais do que gostaria de saber. Sei da sua cabeça meio pontuda, da sua testa larga, da sua calvície precoce. Do bigode escuro e da barba cerrada no seu rosto alvo. Da sua cara de Freud ou de qualquer celebridade germânica da filosofia ou da psicologia. Embora ele fosse apenas um jovem professor de alemão de um liceu francês. Sisudo e contido nesse gesto de professor ou de padre querendo meter medo. Pelo menos é assim que ele aparece na foto que conheço, tirada nos dias em que foi incumbido da missão na América do Sul. Não chegou ao Novo Mundo com espadas e cavalos, mas com um método científico e um caderno de campo para entender aqueles que não eram como eles.

Ele também não era como eles, mas queria ser.

Primeiro foi Karl Wiener, o judeu austríaco, filho de Samuel e Julia. Samuel morre, e sua família decide migrar de Viena a Paris levando o jovem Karl, já com dezesseis anos. Na França, passou a se chamar Charles, e na boca dos outros a pronúncia germânica do sobrenome, "Vína", tendeu para a afrancesada "Vinérg". No meu caso, costumam me chamar de "Víner", mas já fui chamada de "Uéiner", "Uáiner", "Uéimer" e até de "Uínter", como o achocolatado Winter.

Quando sua verborreia já ia seduzindo muita gente nos salões da Sociedade de Geografia de Paris, onde ostentava certas ideias liberais que teriam horrorizado seu bisneto, meu pai socialista, ele publicou seu primeiro ensaio. O tema era o "império comunista" dos incas, um regime baseado na igualdade social e por isso, segundo sua tese, autoritário e contrário à liberdade. Nos seus textos, defendia a ideia delirante de que Luís XIV se inspirara nos incas para sua famosa frase "O Estado sou eu". Seu poder de convencimento era tão grande que, com algumas cartas de recomendação e um plano detalhado do seu projeto de exploração, conseguiu que o governo francês o enviasse, em 1876, para realizar pesquisas arqueológicas e etnográficas que deveriam culminar numa grande mostra no marco da Grande Exposição Universal de Paris de 1889, uma enorme feira na qual eram exibidos os principais avanços científicos e artísticos do mundo, do mundo segundo eles. E o espólio de dezenas de civilizações antigas.

Chegando ao Peru, Wiener percorreu regiões até então pouco exploradas. Por um homem branco, entenda-se. Durante quase dois anos, viajou primeiro pelo litoral, de Lima até Trujillo, para depois se dirigir aos Andes, de Cajamarca até Puno, e acabar sua travessia na Bolívia. Ao voltar para a França, naturalizou-se francês e se converteu ao catolicismo. Fez coisas boas, como seus mapas da serra central peruana, considerados muito precisos; suas coleções constituíram o acervo do Museu de Etnografia do Trocadero, o Museu do Homem ou o Museu das Colônias, antes de acabar no Branly. Sua expedição, inspiradora para muitos viajantes, foi considerada um sucesso indiscutível, mas em vez de aproveitar o reconhecimento para seguir construindo uma carreira científica, tomou a surpreendente decisão de abandonar as explorações e tornar-se diplomata.

A partir daí já não sigo seus passos com a mesma atenção, sua vida me interessa menos. Apesar das sombras, a lenda do antepassado viajante passou de geração em geração com muita pompa, mas sem muito conteúdo. Nunca nos disseram que o tal senhor passara apenas dois anos da sua vida no Peru.

Se Wiener desembarcou no porto do Callao em fevereiro de 1876, deve ter conhecido furtivamente María Rodríguez em agosto desse mesmo ano; devem ter procriado nas semanas que ele passou por Trujillo, uma cidade sempre quente do litoral norte, onde María tinha nascido. Carlos Wiener Rodríguez, meu bisavô, nasceu em 6 de maio de 1877, quando Wiener já se encontrava na Bolívia. Na minha família, falar dessas coisas é tão difícil que costumamos tratar do caso usando metáforas de trânsito, como "batida e fuga", mas o que prevalece acima de tudo é o silêncio. Ao que parece, María batizou o pequeno Carlos quando Wiener já tinha voltado para a França. O menino não apenas nunca conheceu seu pai biológico nem recebeu uma única carta dele, como também não fez muitas perguntas à mãe, enterrou todas elas no fundo do peito e não falou do assunto com nenhum dos dez filhos, até que morreu jovem, levando suas atribulações para o túmulo e deixando o mutismo por única herança. O europeu abandonou uma criança peruana que por sua vez teve dez filhos, um dos quais foi meu avô, que por sua vez teve meu pai, que teve a mim, a mais índia dos Wiener. Meu avô também não costumava entrar em detalhes sobre Charles, basicamente porque não conhecia nenhum. É curioso como nessa família conseguiram durante tantos anos fazer coexistir, num mesmo gesto, o orgulho do patriarca e a vergonha do seu abandono.

Se eu tentasse fazer um resumo semelhante da minha vida, teria que somar à minha condição de atual imigrante na Espanha, vinda de uma ex-colônia, a natureza bastarda que me legaram as expedições científicas franco-alemãs do século XIX, movimentos geopolíticos que fazem de mim, ao mesmo tempo, descendente do acadêmico e um objeto arqueológico e antropológico a mais.

Sou a filha da esposa. Digo isso porque há um livro da escritora norte-americana A. M. Homes intitulado *A filha da amante*. Eu sou o contrário. Homes foi adotada por uma família logo após nascer, e mais de quarenta anos depois apareceu sua mãe biológica, uma mulher frágil e pusilânime que desistira dela porque o homem que a engravidara, seu amante, era casado. O livro é a reconstrução da história da sua verdadeira origem. Ser a filha da amante é muito malvisto, traz o estigma da descendência espúria e uma marca de nascimento que costuma durar a vida inteira. Há crianças que nascem sob esse signo e na vida adulta continuam habitando a sombra da extraoficialidade, rejeitadas pela família, ignoradas e condenadas a formar a sua própria também nas sombras. Na Grécia antiga, os bastardos eram vendidos como escravos; em Roma, não tinham direitos de sucessão e viviam isolados, sem família.

Em contrapartida, portanto, ser a filha da esposa seria bom. Ainda mais se o marido nunca abandona a mulher oficial. Ninguém questiona seu lugar no mundo. Você faz parte da instituição e da ordem, mesmo que os subverta dia após dia. Mas comigo acontece exatamente o contrário. Nunca reconheci dignidade alguma em ser a filha da esposa. Que motivos eu teria para querer ser a filha da mulher traída, e não a filha de uma paixão irresistível, de uma relação clandestina, cheia de atração e impossibilidade? Isso um dia faria de mim uma bastarda orgulhosa, como a que é resgatada pela boliviana María

Galindo, faria de mim *a memória que ativa o conflito*, o produto de algo *remoto e violento*. Para que tentar diluir a contradição? Para que procurar a autenticidade, a paz, a mestiçagem? Por outro lado, se Carlos Wiener era filho bastardo de Charles Wiener, toda a minha família é sua bastarda, toda a minha família é a filha da outra. A bastardia corre por minhas veias pelos dois lados. O irmão caçula de Victoria, minha avó materna, era na verdade seu filho, o irmão bastardo da minha mãe. Minha avó teve um bebê aos quinze anos, pelo jeito com um estranho. Não sabemos como, não sabemos quase nada, apenas que Victoria entregou o filho para a mãe criar, e aí começou essa história de que o menino era seu irmão. Ela escondeu essa maternidade e certamente sofreu em silêncio. Morreu sem dizer uma palavra sobre isso. Muitos achamos que minha avó levou dez anos para morrer por causa desse segredo.

Mas eu, ao contrário, sou a filha da esposa.

Passo horas lendo no celular do meu pai os e-mails que ele escreveu para a mulher que não é minha mãe. São as mensagens de um homem desesperado. Ele quase sempre escreve longa e poeticamente. Ela é bem sucinta. Me dá aflição ler suas respostas cortantes e frias, enquanto meu pai se desdobra procurando as melhores palavras. Eu já sabia que ele costumava ser romântico e afetuoso nas suas cartas. Li muitas das que escreveu para minha mãe quando eram só dois jovens militantes de esquerda apaixonados por sua vida a dois e pela revolução. Também era um pai amoroso nas cartas que escrevia para mim e para minha irmã, contando das crianças camponesas que ele via nas suas viagens para acender em nós a chama do socialismo. Mas nem imaginava que pudesse ser tão apaixonado. Meu pai já era avô e continuava escrevendo como um adolescente turbulento.

Ele sofria, parecia estar sempre sofrendo de amor, era um amante atormentado que nunca encontrava nos olhos da amada toda a segurança nem todo o desejo de que necessitava. As traições dela, sua indiferença ou seu comportamento errático doíam terrivelmente nele. É possível, também, que aquilo fosse apenas uma etapa que acabou se diluindo, como tudo na paixão, por fugacidade, por arder demais. Nunca saberei.

Tenho consciência de que estou tentando construir algo com fragmentos roubados de uma história incompleta.

O que conheço bem, sim, são as mensagens de amor que ele mandava para minha mãe, sempre com cópia para minha irmã e para mim. Por que será que ele fazia isso? Queria provar para nós que ainda amava nossa mãe? Quanto amor meu pai devia sentir pela minha mãe para não tentar a vida com a outra mulher que ele amava. Quanto amor pela amante, para não abandoná-la e ficar só com a companheira de toda a vida. E também, quanto desamor podemos dar enquanto acreditamos estar amando. Gosto de pensar que no seu coração os dois amores não eram excludentes, mas como posso ter certeza disso?

Não quero ser injusta, tirar conclusões de umas poucas mensagens escritas já faz uns bons anos, muitos anos antes de ele adoecer e morrer, e para justificar minhas próprias escolhas. Estou imaginando a vida amorosa do meu pai a partir de alguns fatos, algumas pessoas, alguns silêncios, algumas mensagens. Talvez esse ato de indiscrição violenta só encubra minha própria covardia para encarar a falta de argumentos e de justificativa.

O que se rompeu em mim no caminho? Quando foi exatamente?

Numa carta para a outra, ele escreveu: "A primeira vez que Gaby, minha filha, entrou na tua casa, comentou que nos meus olhos se via que eu estava apaixonado, e nas tuas atitudes, que você agia como se fosse minha mulher. Eu acariciei o cabelo dela e sorri por sua franqueza em dizer as coisas. Era 1996, e Gaby tinha vinte anos. Desde os dez, ela cresceu com uma vaga noção da tua existência".

Eu me lembro desse dia. Ele me fez um cafuné e sorriu pela minha franqueza. Eu percebia tudo e acenava para ele. Queria ter certeza de que continuasse me amando, a mim, sobretudo a mim; queria a verdade, ou não me conformava com a mentira; pretendia que ele continuasse a ser meu pai insinuando que conhecia seu segredo. Queria ser seu cúmplice e com isso, de um modo obscuro, eu também traía minha mãe.

Um dos meus passatempos de menina era mexer nas gavetas dos meus pais e ler suas cartas. Acho que foi que assim que fiquei sabendo dela. Sei que é errado, mas com o tempo minha veia de detetive de casos familiares só fez se agravar.

Quando eu tinha dez anos, atendi o telefonema de uma mulher que perguntou pelo meu pai dizendo: "É a namorada dele". Foi pouco depois de eu ter minha primeira menstruação, e quando desceu eu pensei que tivesse feito cocô na calça. Todas as tardes eu me deitava no sofá para ler *Cem anos de solidão*, o livro favorito do meu pai. Quando era pequena, no café da manhã, ele costumava recitar de cor fragmentos da história dos Aurelianos e José Arcadios, gente importante metida em rolos amorosos. Deduzi que as complicações românticas eram uma coisa muito natural entre homens importantes. Eu lia e me excitava com as passagens mais sexuais à luz que penetrava pelas frestas das persianas quase fechadas da sala da minha casa, encantada com as descrições de personagens femininos, às vezes ferozes, às vezes evanescentes. Porém, por mais que eu conseguisse me abstrair graças à ficção, a realidade me procurava, me perseguia e acabava me encontrando. "Como assim sua namorada? Se ele tem uma esposa..." Ainda posso ouvir o eco da minha voz embargada de menina lutando para sustentar os últimos segundos da sua lógica inocente antes de perdê-la para sempre. Escrevo para responder a essa pergunta trêmula que eu me fiz antes de desligar o telefone.

Todo dia reenvio a mim mesma, da conta do meu pai, os e-mails que ele escreveu tanto para minha mãe como para minha madrasta oculta. Depois esqueço que fiz isso e me espanto ao ver na minha caixa de entrada uma nova mensagem dele, com seu nome em negrito, assinalada como não lida, e por um segundo, só por um segundo, acredito que meu pai me escreveu mesmo, que acabo de receber um e-mail dele vindo do outro lado da morte.

Nas suas mensagens, ele às vezes fala das suas doenças. Tantas vezes meu pai se fingiu de doente para voltar a dormir com minha mãe sem que sua namorada desconfiasse, e vice-versa, que acabou adoecendo de verdade.

Tinha várias pastas, cada uma com um nome de mulher. Ela e minha mãe tinham a sua, com o respectivo nome, ambas cheias de cartas, e havia mais alguns nomes, com duas ou três mensagens. Ele classificava em arquivos sua relação e sua comunicação com as mulheres.

Tinha um arquivo do amor e um arquivo do desejo. É curioso que ele conseguisse organizar em pastas virtuais o que não conseguia organizar na vida.

Ao fazer essa descoberta, não consigo deixar de pensar, de temer, de chorar, de me encontrar explosivamente com a natureza humana. Penso no Jaime e na Roci, nas suas vidas secretas, nas minhas, no que sempre temi, no que sempre temi de mim mesma. Será que ainda vou conseguir deixar de sentir medo? Não gostaria de acabar como uma pasta com um nome.

Todos nós temos um pai branco. Quero dizer, Deus é branco. Ou é nisso que nos fizeram acreditar. O colonizador é branco. A história é branca e masculina. Minha avó, a mãe da minha mãe, chamava meu pai, o marido da própria filha, de *don*, porque ela não era branca, mas *chola*. Eu achava muito estranho ouvir minha avó tratar meu pai com esse respeito excessivo e imerecido. "*Don* Raúl" era meu pai.

Na época em que as crianças do colégio me xingavam de preta, eu encontrava refúgio pegando na mão dele para que todo mundo visse que aquele senhor só um pouco branco era meu pai. Isso me tornava menos preta, menos insultável. Acho que, agora que ele está morto, o pouco de branco que há em mim se foi com ele, embora continue usando apenas seu sobrenome, e nunca o da minha mãe, para assinar tudo o que escrevo.

Por muito tempo, pensei que a única coisa que eu tinha de branca era esse sobrenome, mas meu marido diz que minha "marca humana" é o avesso da de Coleman, o personagem do professor universitário daquele romance de Philip Roth que quer esconder sua negritude. Minha identidade marrom, *chola* e *sudaca* tenta disfarçar a Wiener que trago em mim.

Minha mãe inventou seu próprio mito sobre a origem da nossa pequena família, a que era formada por meus pais, minha irmã e eu. Segundo ela, essa lenda está escrita na natureza e nos mapas fluviais: há um ponto na geografia do mundo, no Sul do Peru, em que um afluente do rio Bravo cruza com o rio Wiener, e sua convergência fortuita dá como resultado o rio Salud. É muito difícil ter uma existência tóxica com uma profecia dessas. Mas não impossível.

Desde pequena eu soube que vinha de dois mundos muito diferentes, o dos Wiener e o dos Bravo, ainda que ambos os sobrenomes convocassem, forçando um pouco, o triunfo e o aplauso. As duas famílias tinham origens relativamente humildes, mas em Lima é muito diferente ser pobre com antepassados de Áncash ou Monsefú do que pobre com antepassados europeus. Quando, nos anos 1940, os Wiener e os Bravo começaram a formar suas famílias, moravam muito perto, sem se conhecerem, em bairros populares do Cercado de Lima. Aos poucos, graças ao trabalho invisível das minhas avós e à labuta dos meus avôs, ascenderam aos distritos de classe média de Jesus María e Magdalena, começaram a comer melhor, a fazer algumas viagens pelo interior, a nadar uma vez por ano nas lagoas de Huacachina ou nas termas de Churín, a ir ao cinema, às touradas ou à zarzuela, puderam pôr seus filhos em colégios de padres e freiras, depois na universidade e dar a eles uma vida bastante digna. Meu avô Bravo era carpinteiro.

Meu avô Wiener, funcionário administrativo. Minhas avós iam ao mercado, cozinhavam em silêncio e cuidavam dos netos com amor. Nem os Wiener eram lixo branco, nem os Bravo *cholos* de merda, mas suas vidas correram paralelamente como só podem correr as vidas separadas pela cor na ex-capital do vice-reinado do Peru. Talvez por isso os Wiener tenham conseguido se aferrar com unhas e dentes à classe média estável, enquanto os Bravo sempre se equilibraram na beira do precipício. Até que um dia essas vidas se cruzaram como dois rios. Meu pai foi o único que não se casou com uma mulher mestiça branca. Seus dois irmãos fizeram isso. O irmão da minha mãe se casou com uma mestiça branca. Minha mãe se casou com um homem mestiço branco.

Mas meu pai se casou com uma *chola*.

Por muito tempo, na minha infância e adolescência, eu quis me sentir mais Wiener do que Bravo, pois já intuía que essa escolha me daria mais privilégios ou menos sofrimentos, mas meus traços físicos evidentes, a cor marrom que me faz índia na Espanha e "cor de porta" no Peru, fizeram de mim uma Bravo a mais. Quando fui morar em Madri e fiquei sabendo o que queria dizer *sudaca*, não me espantei. Em Lima tinha cansado de ouvir associarem minha cor de pele à cor do cocô.

Meus avós por parte de pai eram tão brancos que eu não me sentia à vontade perto deles. Quando meu avô branco morreu, minha avó branca começou a nos tocar um pouco mais e a peidar na nossa frente, saiu do armário como católica simpática e me ensinou a tricotar. Minha avó *chola* me balançava nas suas pernas e me ensinava a rezar, enquanto falava com meu pai como se falasse com o dono da fazenda, até que adoeceu e começou a mandar todo mundo à merda.

A avó da minha mãe, Josefina, teve seis filhos, cada um de um pai diferente. Minha mãe diz que esse foi o jeito que Josefina encontrou para sobreviver à pobreza e ao abandono, voltar a se juntar com um homem atrás do outro para continuar oferecendo um lar a seus filhos. Por causa da febre de Malta, minha bisavó passou décadas da sua vida numa cadeira de rodas, tomando daí todas as decisões sobre sua família. Quando eu era pequena, visitá-la era desconcertante. Não entendia como, sendo da mesma família, podia haver um abismo tão grande entre nós.

Ainda me restam alguns dias de luto em Lima, mas não tenho vontade de ver ninguém. Ontem desliguei o celular do meu pai por algum tempo. Sinto que estou revisitando os lugares que percorri quando ainda não tinha perdido nada, e já não são tão familiares. Às vezes sai o sol, e aí vou com minha irmã e meu sobrinho tomar *cremoladas* no Curich. Pedimos de três sabores diferentes, maracujá, lucuma e graviola. Nada me faz tão feliz quanto a fruta congelada com açúcar. Principalmente quando um pouco de sol vaza por entre as placas de nuvens que fecham o céu desta cidade, o mais injusto que já vi na vida. E desejamos em segredo que aconteça algo que rompa essa calma, o que quer que seja, um trovão, o choro exagerado de uma criança, a noite. Faz vários dias que minha irmã e eu paramos de nos consolar, apenas deixamos cair as lágrimas e continuamos fazendo o que estávamos fazendo. A sensação é de que a vida não nos deu tempo de matar nosso pai, de nos construirmos a partir desse simbolismo, e aqui estamos, indagando no paradoxo de perder algo tão complicado como um pai enquanto caminhamos um pouco em direção ao penhasco da orla, só o necessário para ver os parapentes se lançarem no vazio, agitando suas cores sobre o nada. Parece simples: tomar impulso, correr e perder chão. Elevar-se. O mar turvo de Lima vai e vem, enche meus olhos, os esvazia. Meu sobrinho nos observa na sua quietude oriental.

De noite me masturbo, devoro alguma porcaria, bebo Coca--Cola, respondo mensagens de pêsames com emoticons, bato papo on-line sobre coisas sexuais com gente que conheço pouco. Depois me tranco com o livro de Charles no quarto dos fundos que já foi meu e mergulho na leitura incrédula das suas páginas; escrevo e-mails para minha mulher e meu marido contando que não faço nada além de me masturbar em silêncio e ler esse catatau, a bíblia da família, na qual assuntos grandiloquentes como o passado ou a história dependem do único olhar de alguém que decide o que contar e o que omitir, uma espécie de Deus. Há momentos em que o contraditório viajante se rende à magnificência do passado inca, subjugado perante os vestígios da sua arquitetura, e faz um esforço para captar a complexidade do peruano do presente. E outros em que se deleita na sua maledicência.

Gosto de enviar pelo grupo de WhatsApp que tenho com meus dois parceiros alguns pequenos achados de citações atrozes de Wiener, como quando se refere aos peruanos como gente com uma "constituição abusiva" e "malsã", na qual podem ser encontradas "as causas nefastas da mumificação desse povo e do aviltamento do indivíduo". Do índio autóctone, diz que "não soube morrer, eis por que o índio não sabe viver". E faz uma descrição cruel do ciclo da sua vida: "Na infância, não conhece a alegria; na adolescência, o entusiasmo; na idade adulta, a honra; na velhice, a dignidade".

É um visionário, diz o Jaime no chat, e rimos como nazistas, porque resistimos a nos ofender. Seria fácil demais. Porque Charles julga "essas múmias indignas" desenterradas por espanhóis, ou austríacos ou franceses, ou austríacos que querem ser franceses, do ponto de vista da sua topografia, mas nós julgamos a nós mesmos a partir da ironia, sabendo-nos produto dessa confrontação.

Sua sanha é tão grotesca que dá vontade de rir. Se ele tinha algum talento, era para o insulto, digo. E isso, aliás, é algo que também se herda. Há escritores que devolvem beleza ao mundo e outros que gritam sua fealdade. Se só existem essas duas possibilidades, Wiener não é um escritor, penso, mas o *troll* de toda uma civilização. Não sei por que me entrego a esse ritual. O que procuro no olhar de um observador externo, de um merda de um americanista? Vou seguindo sem grande entusiasmo até chegar a uma passagem muito bem contada, que me fisga. A caminho de Puno, ao passar por uma fazenda chamada Tintamarca, o proprietário sugere a Charles levar com ele um índio, para que os estudiosos europeus possam ter uma ideia de como é essa raça. Wiener responde que arranjar um índio, ainda mais uma criança, é muito difícil, que há dias vinha tentando convencer algum deles a segui-lo, mas não tinha jeito. O outro homem então o aconselha a comprar um: "Basta o senhor dar uns trocados a uma pobre *chola* que morre de sede e que está fazendo o filho morrer de fome; trata-se de uma índia terrivelmente alcoólica. Em troca, ela lhe dará seu pequeno. E o senhor vai fazer uma boa ação". Wiener procura a mulher e seu filho, pergunta ao menino como ele se chama, e a mãe responde que seu nome é Juan, pergunta se tem pai, e ela lhe responde em quíchua que não. "Poucas vezes vi um espetáculo tão repugnante", escreve Wiener. "Essa mãe, ainda jovem, roída por todos os vícios, e o pequeno ser sem outra roupa além de um poncho que mal lhe chegava à cintura. Tomei uma decisão." Ele acorda a mãe, que tinha adormecido, e

efetuamos o concertado intercâmbio de "presentes". Exortei o menino a despedir-se da mãe; parecia não entender o que eu lhe solicitava; mas a mãe compreendeu muito bem e, com a mão trêmula devido ao álcool, fez o sinal da cruz sobre o filho. Tive um estremecimento de desagrado ao ver tal bênção do vício; pus o pequeno sobre uma mula. [...] Eis-nos agora a caminho. Só então o pequeno

Juan compreendeu o que se passava e julgou-se na obrigação de lançar alguns alaridos. Perguntei-lhe o que queria. Pensam que ele pediu para voltar para junto da mãe e não deixar sua terra e seguir selvagem tal como era? Nada disso: pediu-me aguardente!

Dou um grande gole de Coca-Cola, o gás me arranha a garganta como pequenas facas e releio a passagem, agora em voz alta. Quando o faço, minha voz soa rouca, irreconhecível. Estou pasma.

Pelo caminho, Wiener compra um menino indígena da mãe. E não apenas a despoja da criança, mas a brutaliza na narrativa do seu próprio mito do salvador branco. Vai alinhavando a lenda da sua bondade superior enquanto transforma a possibilidade de ajuda em violência e reafirmação narcisista. Culpar a mãe, de resto, sempre foi o mecanismo usado para perpetrar o roubo de crianças. Seja por um pai, um Estado democrático ou uma ditadura, seja em jaulas fronteiriças americanas ou tirando a custódia dos filhos de mães imigrantes nas costas europeias. Como se levá-los na travessia do mar ou do deserto fosse um impulso maternal de morte, não de vida. Como se a ressaca alcoólica e maltrapilha daquela mulher indígena não se seguisse ao porre de poder de uns sujeitos barbados montados em bestas. E Wiener ainda arruma um jeito de dedicar a ela alguns ultrajes inspirados no nojo.

Eu nunca tinha ouvido falar de uma criança comprada, ou deveria dizer roubada, por Wiener; não sei por que meu tio historiador nem meu pai nunca a mencionaram, nem por que não consta em nenhuma das biografias ao meu alcance. É apenas uma nota de rodapé na longa narração do seu périplo. Não sabiam dela ou não lhe deram importância. A mera existência hipotética ou real de Juan desencadeia no horizonte uma chuva de imagens de vidas possíveis, próprias e alheias.

No seu livro, Charles narra o regresso de Puno a Cusco e menciona que, quando passa um trem, percebe admirado que Juan nunca tinha visto semelhante veículo em toda a sua vida e começa a chamá-lo com uma frase quíchua que aquele traduz como "essa rua que anda e cospe fumaça". Repito várias vezes a frase que encanta o europeu, imagino Juan, com seu poncho colorido, caminhando dentro de um trem como por uma rua em movimento que solta sinais de fumaça, levado pela mão de um senhor que o afasta das metáforas.

Enternecido com a ignorância e a candidez do menino, como o próprio Wiener confessa, este resolve levá-lo à Europa, à França, para verificar se, criado longe do mundo indígena, Juan consegue superar a barbárie. "Daí em diante", meu tataravô escreve no seu diário de viagem, "acompanhei com atenção o desenvolvimento moral e intelectual da criança, que agora entende o francês e se faz entender. É muito inteligente e o que se costuma chamar bem-educado. Deu-me a prova de que essa raça, para progredir, não necessita mais do que de exemplo e ensino."

Juan não é uma peça de cerâmica a ser extirpada dos escombros, nem é de ouro e prata, nem sequer é a múmia raquítica de uma criança para ser exibida longe dos vulcões, num museu, mas ele também viaja através do oceano entre as aquisições do divulgador. Ele é parte do grão de areia que Wiener pôs na transformação daquilo que na Europa se entende por História. É parte da sua *mission*, que não é a dos conquistadores nem a dos descobridores, mas a dos viajantes cientistas que procuram "reacender o sol dos incas, brutalmente apagado pela cruz espanhola". Se há um estado de espírito que atravessa seu livro é o da incredulidade de ver como esse maravilhoso passado construído por aqueles povos se transformou nesse mundo "tão mesquinho, tão pobre, tão pequeno". Porque "foram aniquilados, julgados e condenados como bárbaros". Por isso Wiener assegura nas suas anotações "ter entregado ao Estado" francês, tão humanista e ilustrado em comparação ao bruto espanhol, as coleções reunidas ao longo da sua missão "enquanto bens que lhe pertencem". Juan é isso mesmo, um bem para a Europa.

É 1877, já perto do século XX, e meu parente europeu não consegue evitar civilizar tudo o que encontra pelo caminho.

Fecho o livro. Tem tantas páginas que faz um estrondo ao tombar para o lado, exala sua antiguidade, e é como se um velho estivesse soltando seu mau hálito na minha cara. Será que Juan tinha os olhos tão pequenos e ardentes quanto os meus quando viu tudo isso pela primeira vez? É estranho, sei que é o sangue de Charles que corre nas minhas veias, não o de Juan, mas é o adotado que eu sinto como parte da minha família.

Meu antepassado levou consigo uma criança indígena para que fosse exposta numa vitrine, como fizeram com King Kong. Dizem que os "índios" que eram levados à Europa não sobreviviam por muito tempo. Eu já estou aqui há quinze anos, e me parece um milagre.

Não há na família uma única foto de María Rodríguez. Nunca saberemos como era seu rosto. A mulher que iniciou a estirpe dos Wiener no Peru, que enfrentou uma gestação solitária e amamentou um meio órfão foi tragada pela terra. Assim como, por muitos anos, se perdem sob a areia os rastros de um mundo anterior. Reunir esses materiais dispersos numa geografia, salvar aquilo que o tempo não carcomeu para tentar reconstruir uma imagem fugaz do passado é uma ciência. *Huaquear*, ao contrário, é abrir, penetrar, extrair, roubar, fugir, esquecer. Nessa brecha, porém, algo ficou dentro dela, implantou-se, germinou fora da árvore.

Uma das primas do meu pai me contou a única coisa que se sabe de María. Baixinha, de cabelo comprido, quando conheceu Charles já era viúva e mãe de uma menina. Procuro no livro de Charles algum rastro do seu encontro com María. Algo, por mínimo que seja, um aceno para si mesmo e para o futuro, uma informação extraliterária, fora da história, que pudesse dar conta da experiência, de alguma emoção, de um lampejo de desejo. Eu me pergunto se o que houve entre eles foi consensual ou não, se foi uma flechada, uma aventura, um mero trâmite. Sei que é inútil, pelo jeito não foi nada de que ele pudesse se orgulhar. Trujillo, a cidade de María, parece-lhe medieval, por causa do seu "ritmo pachorrento" e seu "catolicismo pitoresco". As mulheres do Norte chamam sua atenção, e ele arrisca uma tipologia. Acha originais as índias dessa região, as *moches*, que considera curiosamente belas, de ar altivo e majestoso, "diferente do andar ordinário das mulheres dessa raça", com as tranças bem penteadas e os seios morenos brotando das brancas camisas. As mestiças, ao contrário, "são desagradáveis por sua preocupação em imitar os hábitos da cidade". As negras "são francamente horríveis, desalinhadas no vestir, ignóbeis nos movimentos; sua roupa se reduz a uma camisa e uma saia tão sujas como sua pessoa". As casadas "são amiúde adúlteras".

Diga ele o que disser das mestiças, sempre achei que María devia ser uma delas. Tenho uma foto borrada do seu filho Carlos, e ele não parece ser filho de uma indígena do Norte, cuja visão deleitava frivolamente Charles.

Concentro-me na sua escrita inspirada nas viúvas porque María era uma:

> As viúvas choram a morte dos maridos com um lamento que se converteu em canto de circunstâncias, como o antigo treno; recordam os presentes, *abrigo*, *colar*, que o falecido lhes fez, e a descrição minuciosa de todos esses objetos serve de letra para a triste melodia do seu lamento. Sentadas na soleira de sua casa, com um copo de chicha na mão, principiam seu canto, que vai em crescendo sob influência da bebida e se apaga diminuindo na embriaguez.

María canta melancólica na porta da sua casa e vê Charles passar. Convida-o para tomar um vinho. Uma imagem que vem do planeta da especulação, tão falsa quanto possível.

Tento compor com restos esparsos e imateriais, estabelecendo diacronias caprichosas.

Conto apenas com esse achadouro, a placenta ainda morna na memória do único episódio narrável na vida dessa mulher, sua condição de elo na cadeia da mestiçagem. Quando se sabe tão pouco é porque nunca se quis saber, porque se desviou os olhos com desconforto, e não olhar é como apagar, invocar sem cerimônia a tempestade de areia sobre a *huaca*, sua erosão progressiva. Até que o período de latência termina. E nos vemos prontas para o achado. Aprendemos que os ossos não se lavam com água. Que é preciso soprar docemente sobre as trincas e os labirintos ósseos. Contar os anéis de crescimento de uma árvore truncada. Lamber a gota brilhante de resina vermelha de todos os olhos fechados e mortos. Verter algo radiativo sobre a argila e ver surgir o Tempo em letras ardentes como um baile de máscaras.

Tinha tudo para ser esquecida, faltou-lhe um homem que permanecesse a seu lado para se tornar sedimento, e sua última oportunidade, na minha invenção, partiu num navio. Sabemos tudo dele; mas dela, nada. Ele nos deixou um livro; ela, a possibilidade da imaginação.

Sei muito bem do que Charles está falando quando celebra a assimilação, a bem-sucedida reeducação do seu indiozinho. Quando quer provar que, em outro contexto e com outra instrução, o menino poderia virar quase uma pessoa a mais. Posso escutá-lo um dia qualquer. Ligo o rádio enquanto penduro minhas calcinhas molhadas, que agora chamo de *bragas*. E escuto um político espanhol dizer, escuta, a melhor coisa que pode acontecer na vida de um imigrante sul-americano é sua filha se casar com um espanhol. Parece até que estivesse tentando nos fazer um elogio. É só arrumar um bom partido espanhol. Trocar parte dos seus jugos por matrimônio e integração. Aproveite, amiga, apague sua identidade por um lugar à mesa da Páscoa. É tão perversa a relação que certo espanhol mantém historicamente com os imigrantes das ex-colônias americanas, especialmente com as mulheres, que é duro ver as trabalhadoras que cuidam aqui para dar vida lá, obrigadas a deixar os filhos sozinhos para cuidar dos filhos dos outros, e a mãe e o pai idosos para trocar as fraldas de senhores como esse político do rádio, tendo que suportar esses olhares cheios de condescendência e desprezo pela sua vida.

Na verdade, somos tudo, menos a esposa dos seus sonhos.

O que Charles pensaria de mim se me visse agora? Será que eu cheguei perto, ao menos em parte, de ser a coroação do seu projeto civilizador ou serei mais uma tentativa fracassada? A índia que foi estudar na Europa e não aprendeu nada. Que foi com seu marido *cholo* e também se apaixonou por uma mulher branca que pratica o amor livre.

Desde que moro na Espanha, sempre me aparece alguém dizendo que eu tenho "cara de peruana". Como é a cara de uma peruana? A cara dessas mulheres que você vê no metrô. A cara que aparece na *National Geographic*. A cara de María que Charles viu.

Minha cara se parece muito com a de um *huaco retrato*. Toda vez que alguém me diz isso, imagino Charles pincelando minhas pálpebras para tirar o pó e calcular o ano em que fui modelada. Um *huaco* pode ser qualquer peça de cerâmica pré--hispânica feita à mão, de formas e estilos variados, pintada com delicadeza. Pode ser um elemento decorativo, parte de um ritual ou uma oferenda fúnebre. Os *huacos* são chamados assim porque são encontrados nos sepulcros sagrados denominados *huacas*, enterrados com gente importante. Podem representar animais, armas ou alimentos. Mas, de todos os *huacos*, o *huaco retrato* é o mais interessante. Um *huaco retrato* é a foto três por quatro pré-hispânica. A imagem de um rosto indígena tão realista que, para muitos de nós, encará-lo é como nos olharmos no espelho quebrado dos séculos.

48

Minha cerâmica favorita é a mochica, a mais sofisticada pela sua capacidade de tecer com esculturas uma narrativa cena a cena, como quadrinhos tridimensionais. São as séries de televisão da Antiguidade. A especialidade dos moches são as esculturas de deuses degoladores, e os *huacos* eróticos são seu cinema pornô, o kamasutra andino. Trepar e cortar cabeças, não há muito mais nesta vida. Meu avô Félix, o pai da minha mãe, nasceu nessa região, no litoral norte do Peru. Por isso, a primeira vez que mostrei para minha namorada espanhola a série de *huacos* eróticos, ela teve a impressão de me ver em todas as mulheres de barro tragando pênis maiores do que seus corpos, gozando de quatro e parindo crianças.

Existe algo nessa mescla perversa de *huaquero* e *huaco* que corre nas minhas veias, algo que me desdobra.

Meu pai usava um tapa-olho do lado direito. Pelo visto o usava, mas eu nunca o vi. Acabo de saber disso pela mulher que não é minha mãe. Um dia, liguei para ela do próprio celular do meu pai, que agora é meu, e combinamos de nos encontrar numa confeitaria. Fui até lá e me sentei à sua espera, mas ela não apareceu. A bateria do seu celular tinha acabado, e só muito depois conseguimos nos comunicar. Na verdade, ela estava lá, mas eu não, porque por engano entrei na confeitaria em frente. Ficou esperando por mim, e eu por ela, cada uma numa mesa solitária, uma de cada lado da rua, como dois quadros de Hopper pendurados frente a frente. Acabamos nos encontrando no dia seguinte no mesmo lugar, dessa vez sim, trocamos um abraço, e eu me dispus a escutar sua história.

Ela não pode acreditar que eu nunca tenha visto meu pai de tapa-olho. E custo a aceitar que à noite ele fosse o Olho-Tonto. O que eu lembro dele são seus dois olhos pardos e miúdos piscando atrás dos óculos com o jornal aberto como um muro intransponível. Mas na sua outra existência, a que transcorria a poucos quilômetros da que ele compartilhava com minha mãe, minha irmã e eu, meu pai usava um tapa-olho, como um pirata em terra. E assim dirigia, almoçava em outra mesa, fazia a sesta em outra cama, levava uma filha que não era eu ao colégio e ia ao banco. Ela acreditava? Olha para mim com algo parecido à

50

melancolia, passa um guardanapo sobre os lábios e baixa a cabeça. Queria acreditar.

A ficção do pai poderia se metamorfosear na não ficção da filha escritora de não ficção. A mentira impulsiona a busca de certa verdade. Como alguém chega a esse ponto? Como ele conseguiu? Que ânimo o possuía? São perguntas de pasmo; na realidade, balbucios.

O tapa-olho era, digamos assim, o álibi de um infiel, o mais absurdo que alguém poderia inventar e também o mais absurdo em que alguém poderia acreditar, mas funcionava. Provavelmente porque a vida dupla do adúltero pertence ao gênero fantástico, e nesse universo os porcos voam e os pais simulam uma deficiência. Este é o pacto com a testemunha: é preciso adaptar-se às regras de verossimilhança dos amantes, que não são as do mundo normal em que vivemos. É verdade que ele sofria de hipertensão, mas a doença ocular era pura invenção. O exagero dos seus males e sua expressão tangível no meio do rosto, o disfarce como aviso permanente de uma dor que na realidade estava em outro lugar, servia-lhe para justificar suas ausências.

Enquanto a história do olho durou, meu pai costumava contar à mulher que não era minha mãe que passava as noites de ausência num quartinho de hospital especialmente equipado para o cuidado ambulatorial da sua retina, quando na realidade dormia com os dois olhos fechados na cama que tinha com sua esposa, minha mãe. Mais tarde, podia inventar viagens para lá e para cá, e assim permanecer dias, até semanas ausente de uma das suas duas casas, mas, na hora de voltar para uma delas, deixava ou tirava o tapa-olho, dependendo de qual se tratava. Quando estava com a gente, parecia enxergar com os dois olhos, mas quando estava com elas havia um lado da vida que não queria olhar.

Onde será que ele o guardava? No porta-luvas do carro? No bolso do paletó? Eu gostaria de encontrar o tapa-olho no seu esconderijo, prová-lo um pouco em mim mesma diante do espelho. Adoraria fazer alguma coisa usando o tapa-olho do meu pai. Sinto que o tapa-olho é mais que um tapa-olho. E essa intuição guia minha vontade. De certo modo, entendo a escrita como esse movimento de pôr e tirar um tapa-olho. De acionar o estratagema. E de fazer isso sem inocência, com uma sensação às vezes até suja de estar enfiando a vida na literatura ou, pior, de estar enfiando a literatura na vida.

Como diz Angélica Liddell, depois de escrever sobre você mesma, não resta mais nada no mundo sobre o que escrever.

Durante trinta anos vivemos na ilha do pirata pensando ser as únicas habitantes, até que começamos a suspeitar que não estávamos sozinhas, que do outro lado da ilha meu pai tinha construído uma réplica exata do nosso mundo. Mas por alguma razão não podíamos ir até lá e comprovar nossa suspeita. O caminho para o outro lado estava cheio de armadilhas. Se tentávamos atravessar, apareciam os monstros, as tentações, as minas terrestres nos deixavam sem pernas. Uma família é uma ilha fictícia no meio de um mar de realidade. E aquela organização precária inventada pelo meu pai não desafiava a ordem, apenas a reproduzia e o obrigava a se submeter duplamente à sua escravidão: duas mulheres, duas famílias e duas casas paralelas. Cada acampamento e sua parentela estava constituído da maneira tradicional e aprovado pelo seu pequeno entorno. A incomunicação era primordial.

Durante todo esse tempo, seu comportamento foi para nós, suas filhas, inexplicável. Do céu, alguém poderia ter visto meu pai correr incansável com seu bigode, de um lado para o outro da ilha, e juraria estar vendo um personagem de videogame que, em vez de matar monstros saltando sobre blocos, tem que chegar cedo nas suas duas vidas levando o pão para o café da manhã e à noite pôr as meninas para dormir com um beijo. Tudo aquilo acarretava para ele um laborioso investimento de energia para evitar ser descoberto e continuar fiando a mentira como uma criança enlouquecida com um novelo de lã, sem perceber que era ele quem estava enredado nessa seda peluda e pegajosa. E, bom, nós também. Qualquer uma das duas mulheres podia ser a oficial. Qualquer uma, a outra. Nenhuma de nós sabia ao certo quais éramos as reais e quais as inventadas, mas todas nos julgávamos únicas. Ele, por sua vez, não conseguia largar ninguém e também não acabava de ir embora.

Observo com atenção a mulher que não é minha mãe, deve ter uns vinte anos a menos do que a mulher que de fato é minha mãe. Penso nisso, ela é mais jovem, mais suave, quase que mais doce, fala mais baixo. Penso: é por isso que meu pai gostava dela. Penso: não compare as duas, pare com isso, você não faz comparações quando ama. Eu não contei para minha mãe que vinha aqui. Será que esse é meu próprio encontro clandestino com a outra, minha defesa do direito ao mistério? Eu, que queria me dedicar à beleza, agora me sinto um verme, me arrastando por um pouco de informação e de culpa, que não me pertencem, disposta a ser a única na sala capaz de sentir vergonha de si mesma. Também em mim nasceram chifres. Eu os acaricio e ajeito no alto como quem centra uma coroa de dor. Sou uma enorme cabeça de veado cortada sobre a bandeja. Quantas vezes estive assim, frente a frente com minha mãe, escamoteando essa parte da história, a parte com quem estou falando agora, com quem tomo uma cerveja, para não fazer minha mãe se sentir encurralada, obrigada a responder se ela sabia ou não, se fingia, se estava numa guerra, se tinha uma rival, se já havia perdido. Levei poucos minutos para falar com minha não mãe do que ainda não ouso falar com minha mãe.

Por exemplo, que havia, sim, um ponto de contato entre os dois acampamentos inacessíveis da ilha. Esse ponto era ela, a terceira irmã inesperada. Minha irmã de sempre e eu a vimos pela primeira vez num parque chamado Pera del Amor, quando ela estava com um ano, depois que descobri sua foto numa pasta do meu pai e a joguei na cara dele. Os dois se parecem muito. Foi apresentada como sendo a filha do meu pai numa relação passada, sem importância, e apesar de ela nunca ter morado conosco, durante todos esses anos fez parte da minha família. Minha irmãzinha caçula, a filha da amante, tão tímida e sorridente, com seus enormes olhos atentos, chorando baixinho quando parecia que não entendia nada mas entendia tudo. A única que sabia o que estava acontecendo, ano após ano, a que por ser pequena tinha salvo-conduto para transitar entre as duas casas, e portanto ver na minha a foto emoldurada do pai vestido de noivo de braço dado com minha mãe. E o trato amoroso entre eles, tão amoroso quanto o que se dava com a mãe dela. Assim, ela pôde observar os matizes. E elaborar uma sabedoria própria e secreta para sobreviver naquele lugar insano onde seu pai a pusera. Decidiu então carregar a verdade sozinha, para não prejudicar ninguém, guardar silêncio por todas, e também por ele, tomando cuidado para que o pai não descobrisse que ela sabia que ele mentia por amor ou estupidez.

Já doente, meu pai ainda conseguia a duras penas chegar a uma das casas para jantar e à outra para assistir à telenovela turca. E ficar com as filhas, sem deixar nenhuma para trás.

Não, nunca o vi com um olho só, respondo alucinada. Ela dá risada. Antes de nos despedirmos, eu lhe entrego a urna que ela me pediu, com um terço das cinzas do meu pai. Ontem, minha mãe jogou a parte dela no mar. A terceira parte que me corresponde voltará comigo para a Espanha.

Uma noite, finalmente saio de casa. Sem nenhuma expectativa. Vou de bar em bar no centro de Lima, até que numa das paradas encontro um grupo de velhos amigos jornalistas em volta do qual gravitam outros mais jovens. Um deles, lindo, se aproxima e me chama Gabriela Wiener. Mais uma vez esse sobrenome. Ele é muito mais novo do que eu, mas tenta me seduzir dizendo que escrevo melhor que Leila Guerriero. E consegue. Sabe muito de cronistas, ou seja, sabe muito de mim. Entre os jornalistas — como ele também é —, os cronistas gozam de certos privilégios, somos como a primeira classe da imprensa, redatores masturbatórios, artistas da informação, não somos escritores, mas Deus nos livre de ser apenas simples jornalistas. Para neutralizar esse ruído de fundo, faço algo que deixei de fazer há muitos anos, porque há muitos anos que deixei de agradar os homens só por agradar: chupo o pau dele na rua, e talvez no melhor lugar onde alguém pode fazer isso, bem atrás das estátuas dos leões do Palácio de Justiça. Por culpa do Henry (Miller), tenho um fraco pelo sexo com estátuas e, por culpa dos mochicas, pelos *huacos* eróticos.

Sei que é muita ousadia para quem está de luto, mas vou em frente. Eu me sinto pequena fazendo esse gesto humano aos pés de um edifício monumental. Como naquela cena de *O planeta dos macacos* (a versão ruim) em que se descobre que Abraham Lincoln era um símio.

No dia seguinte vamos a um hotel, falamos do meu pai e da morte. Percebemos que lemos os mesmos livros tristes, e isso nos dá a sensação de ter muito em comum, ainda que seja uma coincidência tétrica. Estou há várias semanas longe de casa, precisando de sexo como um animal horrível e insaciável. Chorei tanto pelo meu velho que estou lubrificada como para ser penetrada por um batalhão. Decido não contar nada para o Jaime e a Roci. Para quê, se foi apenas para me aliviar, como quem assoa o nariz com um lenço. Mas volto a me encontrar com ele, começo a encontrar o moleque quase todo dia. E quando não estou com ele, estou no chat com ele, nesse parêntese que a morte abriu na minha vida, brincando com o tempo como uma *millennial fake*, e já não sei como explicar aos meus esposos minhas ausências, minhas distrações.

Em Madri me espera tudo aquilo com que sempre sonhei: o trio, o poliamor, o amor de uma mulher, o de um homem, minha filha, uma vida de escritora. Um plano fechado, sem falhas. Só que, quanto mais outsider me acho, mais instalada no establishment me encontro. Quanto mais prego a sinceridade amorosa com os outros dois, mais minto para eles. Quanto mais perto estou de voltar, mais quero fugir. O que é isso? Minha despedida de solteira, ou, melhor dizendo, de casada? Isso, minha festa de despedida de casada, uma última tentativa de me aferrar à heterossexualidade, à infidelidade na monogamia, à infelicidade? Ou é a constante tentação do fracasso, o tiro que dou no pé por estar sozinha, triste e assustada. Não é nem um amor fulminante, nem um amor inoportuno, nem uma arma de arremesso, mas o poder de perpetrar pequenos e incontáveis atentados contra meu próprio posto de fronteira. A liberdade de abrir mão de tudo, jogar a carga fora e engolir o sapo.

Nunca estive tão perto de encarnar este verso de Sharon Olds: "Eu me tornei meu pai". Como é que eu vou contar isso para eles?

De repente me pego tentando conciliar meus três turnos, de esposa, mãe e amante, em todas as horas e em dois países diferentes. Mas devo admitir que minha vida é muito mais fácil que a do meu pai. Meus esposos não estão perto. Por enquanto. Só preciso alterar alguns dados, atender algumas ligações, me esquivar de certas perguntas. Quando não se tem dúvida, quando a decisão de ocultar algo é firme, a mentira protege. A cada dia o delírio aumenta com maior profusão, foge do controle. Um dia pego e falo assim para o menino: e se a gente formar uma grande família, com meu marido e minha mulher, e você junto? Rio da minha travessura. É emocionante viver com um arado numa mão e uma tocha na outra. Faço experimentos imaginários com combinações perigosas. Construo uma pequena bomba. Eu o convido a brincar, a entrar no poliamor, mas faço isso transgredindo todas as suas regras. E esses dias ao lado dele se tornam uma sucessão de breves reflexões sobre tudo aquilo que não seremos, nossa diferença de idade, as limitações da distância geográfica, o tesão do impossível. Ele é um recém-chegado, enquanto eu brinco de fantasiar com o que aconteceria se por ele eu largasse tudo o que levei anos para pôr em pé. É como pedir alguém em casamento já sendo casado, que foi exatamente o que meu pai fez. Sei que nunca vou fazer isso. Que só estou esperando que ele acredite que é real para tirar a máscara e revelar a câmera escondida. E mesmo assim, sem convicção, teço o laço defeituoso entre nós, puxo da lã do novelo, da seda pegajosa, a mesma ponte que costumo construir entre minha subjetividade e o resto do mundo, para fazer com que também ele se bata com minhas inseguranças. Coitado, eu o torno responsável por mim. Passo horas mostrando incredulidade diante dos seus sentimentos imberbes, que não são exagerados e doentes como os meus, e por isso me parecem sem graça. Ele não cai na minha armadilha. Brigamos muito, e isso me faz sentir mais próxima, mais comprometida. Brincamos de fidelidade dentro da infidelidade, como meu pai com sua amante: "Se na volta você transar com outro que não seja o Jaime, está fodida". Mais uma vez descubro o quanto me fissuram no amor suas formas reconhecíveis, tóxicas. Faço de conta de que é verdade, mas na realidade esse exercício tem mais verdade sobre mim do que faz de conta. Uma constatação mais terrível ainda. E, como em toda relação inesperada, há um grande componente de narcisismo.

Como é que eu vou contar para eles?

No meio desse romance impertinente me surge a ideia de um desafio: ele e eu dizermos o que cada um gostaria que acontecesse conosco e o que acha que realmente vai acontecer. Na minha vez, confesso que gostaria que ele se apaixonasse por mim de verdade; que eu conseguisse ter uma relação aberta e saudável com meu marido e minha mulher, e que eles pudessem por sua vez ter outras relações além da que têm comigo, e que eu fosse capaz de aceitar isso com tranquilidade, assim como eles aceitariam minha relação com meu novo amor. Finalmente, completo a lista de coisas que eu gostaria que acontecessem dizendo que eu voltaria a morar no Peru. Mas o que de fato vai acontecer, digo, é que meus esposos vão descobrir o que eu fiz e me deixar. E aí, quando isso acontecer, você, digo a ele, também vai me deixar.

Não me lembro das suas previsões e agora já não importam.

Um dia, ele não aparece no nosso chat noturno. Passam-se muitas horas, e ele não vem. Escrevo ansiosa por todos os canais, chamo por ele mil vezes, até que finalmente me responde. Minha irmã morreu, diz. Não me dá mais detalhes, ou muito poucos e a conta-gotas, ao longo da mínima comunicação que mantemos nesse dia e nos seguintes. A irmã, que sofria de depressão, morreu no quarto ao lado do seu. Ele tentou acordá-la, chamou a ambulância, mas os comprimidos pararam seu coração. Ela se suicidou enquanto estávamos no chat, penso. É capaz que ele esteja inventando tudo, por causa da minha vontade de ganhar protagonismo numa história da qual não faço parte. Se eu me sinto culpada, não sei como ele consegue se aguentar.

Aí ele some da minha vida. Fico muito magoada e me sinto uma cretina. Como é que eu me atrevo a sequer me lamentar! Ele perdeu a irmã. Como acompanhar na dor mais profunda alguém com quem na verdade não se tem nada profundo? Ele por acaso pôde me acompanhar na minha dor? Se o que havia entre nós a duras penas suportava o realismo, como faríamos com a morte?

Como é que eu vou contar para eles?

Mas uma noite, na véspera do meu regresso a Madri, ele concorda em me ver. Na casa dele só está seu pai, e nos esgueiramos para o andar de cima.

Ele me leva até o quarto da irmã morta. Está exatamente como ela o deixou, diz. Aí, nessa cama onde acabamos de nos sentar, poucos dias atrás ele viu a irmã morrer. Sou então guiada por uma espécie de tour pela sua memória, com ele mostrando cada um dos seus tesouros, seus livros, seus discos. Conta que, desde que ela morreu, nesse quarto acontecem fenômenos estranhos: microchuvas, pequenos tremores, permutação dos seus objetos queridos. Mas ainda resta o último ato: ele põe um antigo filme da infância gravado em DVD para assistirmos juntos. Nele, o casalzinho de irmãos corre pelo campo durante uma viagem da família. Tudo é tão imensamente triste que ele tem de sair dali. Eu também. Vamos para o seu quarto.

As paredes ali estão cobertas de *post-its* com as citações mais tristes dos livros mais tristes do mundo. Parecem pequenos túmulos coloridos, roxos, amarelos, no gramado de um cemitério. Ele os colou por toda parte, não apenas sobre a mesa, também na cabeceira da cama e no teto. Eu me deito, olhando para os papeizinhos como quem olha os *stickers* de estrelas que brilham no escuro sobre a cama das crianças, reconhecendo algumas frases, pensando mais uma vez no meu pai morto. E fazemos o pior sexo na história dos *post-its*. E eu me aferro à crença de que não há nada melhor do que o pior sexo para esquecer alguém. Para deixar de ser a fantasma que segue o fantasma que segue a fantasma.

Não sei como vou contar para eles, mas sei que vou. Meu tempo para viajar da morte à vida está se esgotando. Assim como cheguei tarde, um dia desapareci. Ser imigrante também é viver uma vida dupla. É viver com um tapa-olho. É suspender uma vida para ser funcional na outra. Superar a dor do luto, é isso que me toca, pegar um avião e sair dessa dor. Para enfrentar a dor do luto e encadear esse pesar ao desconcerto.

Segunda parte

Lá está Charles, impecavelmente vestido no dia mais glorioso da sua vida. O dia da inauguração da Exposição Universal de Paris. Uma sala, uma das melhores, foi reservada para ele e seus tesouros. São tantos que vão ter que fazer um museu especial para tamanho carregamento. O mundo lhe agradece. Vai entrar na história por sua coragem, perseverança e ambição. Ele mesmo faz o balanço mental dos seus méritos. Eu o imagino cofiando o bigode espesso e olhando para as margens do Sena com aquele mesmo olhar intenso das fotos, como no retrato tirado aos pés do monte Illimani, na Bolívia, rodeado dos guias locais e quatro burros, depois de, segundo ele, ter subido, descido e renomeado um dos seus picos como pico Paris. Parece um Nietzsche nos Andes, disposto a suportar muito mais a má consciência do que a má reputação.

Curiosamente, também aqui ele parece uma pessoa toda deslocada, reposicionando suas coordenadas num mundo estranho, mas com perfeito controle do que se passa. Não tem nem trinta anos e é o centro de tudo. Pelo menos é assim que ele se vê. Está fazendo algo importante. Já não é apenas uma suspeita.

Mas hoje, hoje se consuma sua revanche. Custou-lhe muito chegar até aqui, fazer com que os franceses o sintam como um deles, que o chamem de Charles e acreditem que ele é, afinal, há poucos dias, um católico converso. Lido o Evangelho, feitas as orações, recebidos os sacramentos. Tudo aquilo que ele ruminou em silêncio durante anos de trabalho para reunir as provas do seu valor, sem importar a que preço, de repente se expande, é escutado e reconhecido. Nessa tarde ele sente o corpo relaxar, sobretudo a mandíbula, deixando de morder a carne interior, abrindo um pouco a boca, permitindo que o ar entre e assim alivie uma tensão antiquíssima, certa raiva incompreensível, a dor de não ser, sendo.

As fotos dos vestígios que ele trouxe de navio de outro continente, os rastros de outras civilizações agora indeléveis graças à sua gesta estão lá, mas também são projetados sobre placas de vidro num esbanjamento de modernidade tecnológica para a época. O *urpu*, o *aríbalo* — a ânfora incaica decorada com motivos vegetais e felinos da qual ele tanto se orgulha —, parece suspenso no ar, com seu ventre volumoso, o pescoço longo, seu par de asas e seu bojo pontudo em perfeito equilíbrio sobre a base. Na legenda da foto, fala-se dos seus lábios afunilados como se fossem de uma mulher.

O Champ de Mars fervilha de expectativa diante do explorador mais celebrado do momento nos círculos científicos. Quase que se dissipa por completo o cheiro de pólvora da derrota francesa na guerra franco-prussiana. Não há um único alemão na redondeza. Dentro de dez anos, sobre os restos dessa mesma esplanada será erguida a Torre Eiffel. Wiener não sabe, mas perto dali Victor Hugo promove um encontro sobre direitos autorais. E aí começa a história do copyright. É melhor que ele não saiba. As lâmpadas elétricas acabam de ser inventadas e iluminam toda a avenida Opera, entre a exposição da cabeça da Estátua da Liberdade e o telefone de Graham Bell. Um quadro de Joana, a Louca, recebe mimos e cuidados. Perto dali, no pavilhão do Peru, duas pessoas vestidas de supostos guerreiros da cultura tiahuanaco são retiradas do portal da mostra a pedido expresso da colônia peruana em Paris, a qual, ofendida, nega que seus compatriotas sejam assim pitorescos e garante que vestem a alta-costura francesa.

A Legião de Honra, talvez a mais importante distinção da França, criada por Napoleão Bonaparte, só é concedida por méritos extraordinários, e hoje uma delas será para ele. A palavra ecoa fragmentada na sua cabeça: ex-tra-or-di-ná-rios. E são mesmo. A imagem de Napoleão brilha na insígnia presa no seu peito estufado. Já é um legionário, um oficial de honra. Então se escuta ao longe a melodia de um imenso órgão que atravessa as galerias de vidro e a cenografia de jardins parisienses banhados por cascatas. Está prestes a ser condecorado também pelas coleções que agora formam o coração da exposição das missões científicas e que, pressente, lhe pesará no pescoço. Vai fazer um discurso que ele quer que seja emocionante e, para dar início a esse momento longamente esperado, dirige-se a seus pares reconhecendo a honra que significa ser pioneiro de uma ciência pouco cultivada. Submete então suas descobertas e obras de reconstrução desse mundo chamado novo ao critério do auditório, preocupado apenas em parecer verídico.

Apresenta-se, enfim, como um adepto da escola que teme afirmar qualquer fato antes de que sua exatidão fique demonstrada por completo, que reconhece a tendência humana à interpretação imprecisa da história. Sua voz não treme quando afirma que o homem americano do passado, que outrora atraiu apenas a cobiça, pode agora ser objeto da atenção científica. Dá duro com a retórica para ocultar sua vaidade. Num dia como hoje, o esforço é redobrado. Sabe que deve afetar modéstia, introduzir um pouco de humor malicioso, encaixar uma primeira pessoa do plural no lugar certo, revisitar um mito nacional, uma fobia, para transmitir a todos a sensação de fazerem parte disso. "Quanta diferença entre aquela chama imortal que ilumina os séculos com seu facho luminoso e o sol dos incas, brutalmente apagado com a aparição da cruz espanhola!", exclama. Alguém tinha que acender a luz, preencher esse vazio. Pronto, falou. Não conseguiu evitar. Também não faz mal soltar alguma grandiloquência, desde que seja apenas uma. Atrás desses rastros, os dos escombros das cidades mortas, seguiu ele pela mão de Ariosto, seu poeta favorito, porque no fundo sempre se sentiu um romântico. Seus tesouros, trazidos da cordilheira andina, serão estudados e admirados junto aos templos gregos, às estátuas dos deuses, às colunas dos foros, aos degraus dos anfiteatros. Aproveita para recuperar o fôlego, para dissipar qualquer sombra de dúvida e dizer essa palavra agora tão notável nos seus lábios de converso, "ressurreição". Ele sozinho tirou um império do esquecimento. Wiener, o ressuscitador.

Não sabe ou não quer saber por que transpira tanto quando começa a mencionar Humboldt, Orbigny, Castelnau. De repente, pigarreia. Precisa fazer pausas, tomar ar. Quando diz "os resultados inquestionáveis das minhas escavações...", sua mente aventureira o leva a cruzar o oceano de novo. Está agora num antigo balneário ao norte de Lima. As famílias limenhas chiques o observam hipnotizadas. Os caçadores de tumbas não têm essa boa figura. Charles finca o garfo numa parcela de terra e a remexe com energia. Cava, busca, transpira. Ninguém afasta os olhos dele quando finalmente consegue extrair a múmia com as mãos mais brancas que já viram na vida. Os carolas limenhos se benzem, mas ele está eufórico. Nesse achado, chegou por um triz antes de Théodore Ber, o outro viajante a quem a França confiou uma missão idêntica na América do Sul, no mesmo dia que a ele. O humor do destino realmente é negro. Ele está farto de competir. Ber podia ser francês de nascimento, mas era um comunista, um vermelho. Na primeira oportunidade, Charles não hesitou em denunciá-lo como ex-membro da Comuna. Secretário pessoal de Delescluze! Foi defenestrado por culpa de Wiener. Mas Ber nem precisava dele para se autodestruir. Sua missão em Tiahuanaco foi um fiasco e motivou sua expulsão das grandes ligas.

Agora só resta ele. Ber nunca mais ousará chamá-lo de porco judeu charlatão.

Volte, Charles, volte. E lá está ele de novo no palco enfeitado com a bandeira tricolor. Sente uma espécie de febre, como se tivesse feito um enorme esforço para arrastar até o meio da sala um fardo arrancado do fundo de si mesmo. Para que todos possam ver seus ossos. Ele não sabe se deu vida ou se deu morte. Era nisso que Charles pensava à beira daquele mar limenho e é nisso que ele está pensando agora num salão parisiense. Essa dúvida é tão real que aflora num estremecimento. Seu corpo faz tremer o púlpito.

Tem que tirar um lenço e enxugar a testa ao se referir àqueles que o precederam com muito menos êxito, que, ao contrário dele, "não arrancaram os mortos do seu repouso nem os produtos da arte indígena do esquecimento. Não desceram ao fundo dessas necrópoles nem as vasculharam para extrair a verdade". Mas ele sim, ele está aqui porque se cobriu do pó e da areia das profundezas. No entorno do recinto, entre as estátuas femininas que representam os cinco continentes e embelezam a fachada do palácio do Trocadero, a América do Sul mostra um pouco mais os seios. Só um pouco menos do que a África.

Nossa cama para três já não serve mais para o sexo. A cama que foi a superfície sobre a qual recriamos nossas fantasias de romper com o "marido e mulher" agora é uma cama para dormir, uma cama aposentada, no máximo uma enorme cama em licença. Quase não fazemos sexo. Tem dias que me sinto lograda, mas, se paro para pensar, quanto tempo poderia durar uma orgia matrimonial? A primeira coisa que trato de explicar a quem me pergunta pela nossa relação múltipla é que não faço mais sexo do que as pessoas comuns.

E, na verdade, eu botei tudo a perder.

Conheci uma pessoa em Lima e perdi o controle. Não sabia como terminar, e a vida decidiu por mim. A vida não, a morte. Na minha viagem de volta ao amor, levo um peso na bagagem, um morto nas costas. Alguém teve que morrer para que eu vivesse. E agora estou nesta cama, entre os dois, silenciando. Até que eu conto tudo.

Se faço isso é porque nem eu mesma consigo suportar meu segredo, muito menos entender por que era um segredo até agora. Por que passei um mês fingindo para pessoas a quem prometi, pelo menos, respeitar o dogma poliamoroso. Não preciso de terapia para saber por que sabotei nossa vida.

A culpa deveria me servir para alguma coisa, pelo menos para eu deixar estar, recuperar o *low profile*, mas dobro a aposta, quero manter o statu quo, radicalizá-lo para me proteger da onda expansiva do meu ataque camicase.

Teoricamente, nós três temos uma relação aberta, descons-truída à base de acordos, para a qual estou tão preparada quanto um senhor polígamo de Salt Lake City, Utah, de oitenta anos, com uma esposa sentada em cada perna. Sou meu pai infiel e ciumento das chifradas da sua amante. Sua versão pós-moderna.

Eu botei tudo a perder.

Tínhamos nos mantido unidos no delicado equilíbrio das ten-sões internas. Até então, eu vivia confortável no núcleo entre duas pessoas que me amavam, partindo e repartindo o bolo, sabendo que era a parte mais apreensiva e desconfiada, e tam-bém a mais desleal, mas fortalecida na minha singularidade. O exterior era agouro e ameaça. Sabíamos que cedo ou tarde desbloquearíamos a possibilidade dos outros. Essa promessa.

E está acontecendo. Tudo se precipitou. Por minha culpa.

Não acredito que agora eles ajam por rancor ou para me pagar com a mesma moeda. Isso seria um consolo. Mais do que isso, vejo cada um deles se deleitando solitário na invenção da sua fuga. Não dizem nada, apenas me dão um beijo e se retiram, desaparecem de nós por algum tempo e voltam com o mesmo silêncio. Não faço perguntas. Perdi meus direitos. Também não tenho para onde ir.

Na cama, sempre estamos condenados a nos repetir. Os ciclos do amor conjugal costumam ser implacáveis antes de tombar exaustos. De um exercício horizontal a outro insone, e vice-versa, é que se constrói uma vida em comum. De mínimos gestos que se fazem com os pés, fechando uma boca, tirando um livro de mãos inermes. E disso que existe entre o sexo e o descanso, e disso que reverbera entre o choro e o amor, e disso que fica entre a última palavra e o resto do silêncio. Há noites como essa em que só eu não consigo dormir. Se alguém me visse tocando-me entre seus corpos, um homem e uma mulher ao alcance das minhas mãos, um de cada lado do meu desejo, provavelmente pensaria que é uma das minhas perversões, mas não tem nada a ver com isso, não pretendo encostar neles, nem sequer me excitar com a visão dos seus vultos indiferentes, flutuando na penumbra como ilhas emitindo sua própria luz sobre um oceano. Não sei de onde vêm nem aonde vão, mas não estão comigo.

Para alguns, o sexo é algo muito concreto: aquilo que se faz para coroar um dia de compreensão perfeita ou aquilo que só se faz quando o desejo se impõe, com os restos do corpo que as crianças deixaram e, de preferência, depois de um banho. Para mim o sexo vai bem até sem ritual algum, sem higiene pessoal, sem forças, como complemento, entretenimento banal, disparador de dramas, consolo, remédio pré-menstrual.

Sou da geração de mulheres que superestimou o sexo. Puristas do orgasmo que amadurecemos mais lentamente no relacional — outra palavra horrorosa que aprendi por andar lendo os teóricos do amor livre —, e, por mais estranho que pareça, essa tarefa onanista em passiva companhia é um trabalho introspectivo, terapêutico. Seria muito pior acordá-los, manipulá-los, forçá-los. Ainda mais na dura iminência da menstruação, quando você ainda não a viu chegar e já está acabada implorando entre lágrimas uma noite apoteótica e infinita na sua convulsa peregrinação do sexo ao amor, do amor ao sexo, e daí à compreensão sob medida, que ninguém vai dar. Ver as costas do ser amado me empurra à loucura.

Um dia, entendi que os apetites não podem ser sincronizados como os relógios. Com o tempo, aprendi a lidar com o drama. A sexualidade em convivência demanda pedagogia diária, atitude contrita, liberdade até onde começa o sono ou a inapetência do outro, onanismo ou mais amantes.

Agora estou na cama terminando essa outra rotina matrimonial entre dois corpos que me dão suas amantíssimas costas sem me causar sofrimento. Uma é larga, forte, lisa, marrom. A outra é grácil, miúda, angulosa, branca. Por fim, sufoco um gemido e tudo segue na mesma placidez, suas costas subindo e descendo com o sono, a respiração dos dois continua fazendo essa espécie de música noturna.

Eu acreditava que tinha um poder, não o de desejar e amar mais de uma pessoa, isso todo mundo sente, mas o de ter conseguido com muito esforço conciliar essas duas dimensões do amor, com toda a sua diversa intensidade e beleza, sem ter que preterir nem fugir de nenhuma, assumindo-as sem que suas forças compitam dentro de mim, integrando-as ao próprio jogo da vida. Mas não tenho esse poder e, se alguma vez o tive, já o perdi.

Minha avó Victoria era tão ciumenta que, mesmo depois de sofrer um derrame cerebral, quando já fazia anos que estava prostrada numa cama e mal conseguia balbuciar algumas palavras, armava cenas de ciúme com meu avô. Venho de uma estirpe na qual primeiro morre o cérebro e só depois morre o ciúme. Não queremos ser deixadas sozinhas por ninguém, não suportamos o mais leve gesto de abandono. Minha avó gritava e chorava como um bebê toda vez que perdia meu avô de vista e o imaginava seduzindo a mulher que cuidava dela. Eu a escutei várias vezes. Félix!!!, ela chamava, Félix!!, para que ficasse ao lado dela e nunca se afastasse. Juro que eu me vejo, num futuro não muito distante, doente e condenada como Victoria, interrogando a Roci, assediando o Jaime. Mesmo no meu leito de doente à espera da morte vou continuar preocupada com que eles sejam só meus?

É aterrador, mas o ciúme só morre com o corpo. Nem sei quantas vezes tive vontade de morrer para me libertar dele.

Nossos corpos abandonaram a cama para três e se dispersaram por toda a casa. Minhas crises de confiança são constantes, e não adianta eles garantirem que não estão *nessa*.

Sei que minha insegurança os afasta. Sei que meu choro os esfria. Sei que meu medo os mutila. Com minhas exigências, estou passando por cima de todos os acordos do amor livre que jurei respeitar numa noite, os três doidos de ecstasy no alto do píer da praia de Barranquito, em Lima. Os dois juram que não têm mais ninguém, mas não haveria nada de errado se tivessem, e eu não acredito neles. Sei quem os dois desejam, é só uma questão de tempo. Se fui eu quem pulou a cerca, já não me lembro. Agora me sinto vítima de uma injustiça. Durmo sozinha e ressentida na cama gigante, às vezes com ela, às vezes com ele, às vezes enroscada como uma bola de pele em carne viva num canto do sofá, e só falta eu estender a mão para os transeuntes.

O Jaime resolveu se mudar para o porão. Às vezes minha filha olha para mim e dispara alguma pergunta que não posso responder com a devida sinceridade. Ela me lembra a mim mesma no tempo do tapa-olho, quando acreditava que as pessoas olhavam com os dois olhos.

Entre uma mulher branca e um homem latino, sou eu quem recebe a dentada do monstro. Nos meus grupos feministas, vou dizendo que sou a mais oprimida da casa. Ninguém acredita, porque eu ganho mais do que eles. Mas minha vida é o que se passa entre um homem e uma branca. Toda vez que tento dormir com ela, penso nele. Não só no seu desamparo natural. Também o imagino lá embaixo, indo para o quarto da amiga que hospedamos desde que a Roci voltou a dizer que o formato familiar a sufocava. Agora somos outro tipo de grupo humano. Nossa amiga dorme no quarto pegado ao do Jaime no porão, mas eu não durmo, olho para o teto e acho que os vejo sob a luz tênue da masmorra, com os corpos entrelaçados e os olhos brilhantes, sussurrando ideias estranhas ao ouvido, lendo mutuamente parágrafos de livros recônditos, vivendo certa intimidade à minha custa. Não sei o que me dói mais, que ele precise de mim ou que já não precise mais. Não posso lhe dar nada estando no quarto de cima. A Roci, por sua vez, hoje me tem só para ela, mas não lhe faço falta. Espero até que ela durma lânguida sobre nossa cama como a estátua de um anjo sobre um mausoléu. Verifico que esteja numa fase de sono profundo, ainda mais distante de mim do que costuma estar desde que voltei. Então me levanto, atravesso a penumbra às cegas, sem fazer barulho, desço as escadas, empurro a porta, pronta para descobrir o Jaime com nossa parceira de república; e constato com alívio e culpa que ele está lá, que não saiu, que continua sendo esse vulto individual, essa silhueta solitária que ronca, meu homem que eu traí com outro homem, que me compartilha com uma mulher, que fiz suplantar na nossa cama. Eu me enfio entre os lençóis que o envolvem, abraço seu corpo sob a manta como se sempre tivesse estado lá deitada ao seu lado e só tivesse mudado de posição para não adormecer o braço. Ele está quente, respira e parece a salvo.

Só que também não posso ficar ao lado dele por muito tempo. Tento dormir, mas não consigo. Porque agora penso nela, sozinha naquela cama inóspita, assustada com a vibração do celular, uma luz artificial que a acorda e à qual ela quer entregar seu corpo. Na minha amarga fantasia, eu a vejo refugiando-se em janelas virtuais por onde penetram forças sedutoras e malignas que sugam até a última gota do seu puro, branco e desnudo sedimento. Daquilo que eu já não como.

Sou a ave carnívora convertida em presa sobrevoando seus caçadores com cautela. Por segundos, desejo sentir o profundo alívio de um assassino.

Também temo perdê-la nesse breve lapso em que me distribuo como se distribui a pobreza no mundo. Incapaz de fazer justiça a ninguém. Portanto deixo a cama onde ele está, volto a subir arrebatada pela mesma angústia, a atravessar a penumbra e a me enfiar em outro leito. Lá está ela, apenas dormindo. Eu me deito ao seu lado, mas não consigo me esquentar, nem pegar no sono, nem deter os golpes de angústia. E isso acontece várias vezes numa noite, subo e desço, invejando a paz que é sempre dos outros.

— Na verdade, a vida do teu famoso antepassado é um tanto *sfumata* — diz Benjamín ao telefone.

Meu melhor amigo mora em Paris desde que se casou com um nativo, numa festa em que aprontei um escândalo me enrolando com duas das suas testemunhas matrimoniais, coisa que ele a duras penas me perdoou. Mesmo assim, eu o convenci a ir à principal biblioteca da cidade para procurar alguns livros sobre Wiener, incluindo a biografia mais recente escrita por Pascal Riviale, um estudioso especialista nos achados da arqueologia francesa no Peru do século XIX. Não sei se preciso de um especialista, ainda mais tão mal-humorado, mas também não tenho muitas opções. Sei que é um dos seus críticos mais ferinos, mas também é o único estudioso conhecido do seu trabalho, e quero lhe perguntar se ele sabe qual foi o destino de Juan, o menino comprado por Wiener, na Europa. Segundo Benjamín, os dados biográficos são sempre secos, pontuais, na sua maioria sem substância, reduzidos a formulários da administração francesa.

— Não por acaso os franceses inventaram a burocracia e a corrupção.

Faz anos que Benjamín mora nesse país, o suficiente para passar o resto do dia ironizando sobre a personalidade francesa, mas não lhe dou trela. Minha vida amorosa e familiar atual não suporta tantos interlúdios.

— Mas não diz se teve esposas, amantes, filhos reais ou adotivos?

— Não, não fala nem da oficial nem da amante, muito menos de uma criança indígena. Talvez isso conste nos arquivos secretos e múmias incas dos desvãos da tua família.

— Já tentei, mas nem sinal. Mais nada?

— Tudo o que você já sabe. O coitado era vítima daquilo que até hoje é considerado um defeito nesta república livre, igualitária e fraterna: era um estrangeiro, e um estrangeiro de religião diferente.

Às vezes me esqueço, mas antes de ser Charles, Karl também era judeu e imigrante, ansioso por ser assimilado, por se livrar do estigma.

— O que está claro, amiga, é que Monsieur Riviale e outros acadêmicos descem o sarrafo nele, ninguém o leva a sério como arqueólogo, por mais que reconheçam seus dons de *raconteur*, virtude ou vício que você sem dúvida herdou... É uma tremenda figura esse teu antepassado. Até um inimigo ele tinha, o tal de Monsieur Ber.

Releio as anotações que Benjamín fez para mim. As primeiras suspeitas quanto à falta de rigor científico no método arqueológico do meu tataravô austríaco já constavam tanto no prólogo como no posfácio da minha edição de 1993 de *Perú y Bolivia*, mas na reedição francesa de 2010 Riviale vai além e garante, com um obstinado rigor acadêmico, que nem sempre Charles era o verdadeiro autor dos seus achados. "Tinha uma desagradável tendência a atribuir a si as descobertas de outrem, ou a minimizar a participação de seus colaboradores locais", escreve. Conta também que muitos deles se indignaram ao ver como, depois de ajudá-lo na certeza de que estavam contribuindo para uma importante missão oficial do governo francês, acabavam invisibilizados. Particulares, empresários, médicos e diplomatas que, de boa-fé, doaram a Charles parte das suas impressionantes coleções, também frutos do *huaqueo*. Por isso, muitas vezes Wiener não sabia a verdadeira procedência das peças e errava nas explicações dos locais de origem, coisa que arqueólogos posteriores tiveram que esclarecer. Usava mapas feitos por outros para propor localizações já identificadas, como se fosse a primeira vez que alguém passava por ali, e afirmava que ele mesmo os traçara. O pior de tudo é que chegou a inverter a orientação de alguns deles, pondo o Sul no Norte. Nem as fotos eram todas dele. Hoje se sabe que algumas eram de Eugenio Courret, um francês radicado em Lima, e outras do boliviano Ricardo Villalba; ou que manipulou imagens para ilustrar outras coisas que não tinham nada a ver. Segundo Riviale, chegou a plagiar o próprio mestre, Léonce Angrand, que o preparara para conseguir a missão científica na América do Sul. Wiener optou por usar parte do trabalho de pesquisa sobre culturas pré-hispânicas de Angrand, a quem teria pedido suas anotações, que ele misturou com as suas até que foi impossível identificar o que era de autoria de Wiener e o que havia sido anotado pelo mestre.

A pilhagem do trabalho alheio foi, ao que parece, mais uma fórmula para se promover como autor. Não lhe bastava projetar a imagem de um bom explorador, queria ser visto como excepcional. E assim o cientista foi perdendo terreno e dando espaço ao "homem midiático", como diz Riviale.

Mas não acredito que possamos entender como funcionava a pesquisa histórica e arqueológica da época apenas analisando o comportamento de uma série de indivíduos como Wiener. Ele não era um caso isolado de alguém que se corrompeu, pairando como um satélite à margem da sacrossanta instituição científica, mas era parte orgânica desta, respondendo a um sistema acadêmico masculino, ocidental, de influências e relações de poder. Essa maquinaria funcionava para projetar a imagem da nação francesa no mundo. E nisso Wiener era insuperável. Para a França, pouco importava o estilo exuberante de Charles, ela já possuía seus troféus. A França era tão falaciosa quanto ele. Naquele momento, nos estertores do século XIX, tanto fazia como Wiener havia conseguido as dez toneladas de material arqueológico relativamente bem embaladas que chegaram ao coração da Europa vindas do Peru. Ainda não tinha sido inventado o conceito de "patrimônio cultural da nação". No Peru nem sequer existia a nação como tal. Mas para o Império Francês significava uma operação de marketing de enorme alcance.

Enquanto Wiener pôde fingir que era um cientista condecorável, um oficial de honra, escamoteando os improvisos e deslizes do seu mundo pré-acadêmico, sua verdadeira preocupação foi garantir a eficácia da sua narrativa e a construção da sua lenda pessoal, ambas avançando em paralelo rumo à vitória da nação que ele representava. E para isso se valeu de todas as figuras literárias, em especial a hipérbole: se há algo que cresce, é sua voz em primeiríssima pessoa; se há uma figura que se destaca acima das outras, é a de Charles Wiener; se há alguém que tem sonhos extraordinários, é ele; se há peripécias que impressionam, são as suas; se há opiniões que causam perplexidade, indignação e choque, são as que jorram dele com honestidade brutal.

A mídia procurava a épica dos exploradores, e Charles entregou o que ela queria. Se o conseguiu, foi porque não era apenas um viajante que escreve, mas também um escritor que viaja.

Por acaso não é isso o que todos os escritores fazem, saquear a história verdadeira e vandalizá-la até obter um brilho diferente no mundo? Só que ele, no caminho, começou a brilhar mais do que o mundo que afirmava ter descoberto, e de passagem obscureceu seu entorno. Todos os seus estudiosos consideram que Wiener faz literatura de viagem, mesmo involuntariamente, e que seus textos são lidos como romances. Por ironia, sua única relação com o romance é uma fugaz menção em *O falador*, de Mario Vargas Llosa, onde ele aparece como um explorador francês que, em 1880, "encontrou 'dois cadáveres machiguengas, abandonados ritualmente no rio', aos quais decapitou e incorporou à sua coleção de curiosidades recolhidas na selva peruana".

Por esse mesmo motivo, o historiador Pablo Macera o descreve fascinado em *La imagen francesa del Perú* como alguém que escreve com "emoção autêntica" e "julga com dureza e exatidão [...] sem por isso se julgar dono da verdade absoluta". E declara: "cada linha sua é insubstituível". Para ele, seu livro *Perú y Bolivia* é o melhor dos escritos sobre a América meridional no fim do século XIX.

Wiener é de fato um narrador fluido, um cronista do detalhe e do excesso, um daqueles fabuladores que sabem quando devem mandar à merda a ética e as convenções literárias para fisgar o leitor, que não hesita em temperar a história das suas aventuras com recursos de toda espécie, alterando as regras do jogo num lugar em que não caberiam exageros. E é, sem dúvida, o criador do seu próprio herói-protagonista, ele mesmo. Se vivesse no século XXI, seria alvo da pior acusação que um escritor pode receber hoje: a de fazer autoficção. Mas talvez se sentisse mais à vontade num tempo em que a verdade perdeu todo o seu prestígio. Não sentiria aquele suor frio escorrendo costas abaixo toda vez que lhe pedissem para defender algo tão impraticável quanto uma certeza.

Não posso evitar a identificação com seu modo atroz de alterar a realidade quando a realidade falha e de fazer da sua experiência a medida de tudo. Sou tomada pela solidariedade da montadora. Seu autorretrato vital, o do narcisista obcecado pelo sucesso, é tão impudico que ele não precisa estar nu. Perdi a conta das vezes que me perguntaram sobre o desnudamento nos meus livros, por que só escrevo sobre mim, para nas minhas respostas acabar sendo mais insuportável ainda. Conheço bem o sofrido artesanato do eu, o quanto minha matéria-prima me delata, como o material bruto de uma história sem ficção aparente, e os riscos da construção de um personagem que é a gente mesmo quando ainda não domina por completo a arte de limpar as sujeirinhas para se narrar. Acho que foi o escritor Jonathan Lethem quem disse isso. A primeira pessoa pode te levar a ser injusto e a achar que tem a última palavra, e nem a má consciência te salva. Charles devia saber o que era isto, a última frustração narcisista de saber que nunca poderemos escrever a crônica da nossa própria morte, talvez o acontecimento mais importante que nos aguarda.

A irritação com as passagens colonistas, racistas e cruéis dos livros de Wiener sobre minha cultura dá passagem a uma repentina empatia pela sua postura involuntariamente antiacadêmica eególatra. Levo algum um tempo tentando deslindar, me desligar da sua herança para além do sangue, e descubro que meu laço mais forte, e talvez o único, será esse. Como se de repente eu entendesse meus traumas, minhas aversões, avanço pelas suas páginas como num labirinto de espelhos. Revela-se assim uma ponte até agora invisível entre nós, uma ponte que atravessa a história, o que somos e não fomos para cada um, o que não nos atrevemos a ser, algo que se chama impostura.

Entro no grupo privado da família Wiener no Facebook. Foi criado faz alguns anos por algum dos primos e tios que se contam às dezenas para interagir com o resto dos parentes sem ter que esperar alguém morrer. Conheço dez por cento deles. O grupo mantém no seu arquivo algumas pastas com fotos de Charles Wiener, de Carlos Manuel, dos seus filhos e netos. Resolvo publicar um post perguntando se alguém sabe alguma coisa de María Rodríguez, mas a informação é praticamente a mesma que eu já tinha, a maioria a confunde com outra pessoa. Alguém diz que ouviu dizer que era mulata. Outro alguém o desmente. Aparece um primo do meu pai para contar que um amigo de origem palestina fez uma excelente pesquisa sobre as origens de Wiener para conseguir as certidões de nascimento que ele então estava precisando para tirar seu passaporte europeu. Esse trabalho está no site monografías.com, com o título "Charles Wiener: en busca de la identidad perdida", no qual se insinua a hipótese de que Wiener seria o verdadeiro descobridor de Machu Picchu. Esse apanhado de apontamentos biográficos apresenta, além da informação sobre Wiener já conhecida por todos, alguns capítulos de *Perú y Bolivia* e muitas fotos das minhas tias. Em meio a essa miscelânea, aparece um fragmento da certidão de batismo de Carlos Wiener Rodríguez, celebrado em Trujillo no ano do Senhor de 1877, no qual se lê:

Nesta Santa Igreja Paroquial do Senhor São Lázaro em Dez e seis de Setembro de mil oitocentos e setenta e sete. Eu o abaixo-assinado Tenente de Cura desta Paróquia exorcizei, batizei solenemente, pus óleo e crisma em Carlos Manuel, branco, de quatro meses e vinte e dois dias, filho natural de Don Manuel Wiener, natural da França, e de Doña María Rodríguez, natural de Trujillo. Foi seu padrinho Don José Furtado, sendo testemunhas Don José Guevara e Román Guevara, do qual dou fé. Manuel Ramos.

Não diz Charles, não diz Karl, diz Manuel. Um tal de Manuel Wiener. Quem diabos é esse Manuel?

O primeiro sinal de que cheguei ao fundo do poço não me surgiu naquele dia em que descobri que talvez eu não seja quem sou, mas no dia em que procuro pela Roci na livraria onde ela trabalha e, como ela está sem os óculos e eu de cabelo preso e usando um casaco insólito, apenas me olha e me cumprimenta com amabilidade, mas na verdade ela cumprimenta uma desconhecida que teria entrado na loja. Nesses longos segundos, seus olhos passam pelo meu corpo, o atravessam sem se deter em mim. É um choque ver a Roci me dirigir esse olhar insípido, banal, o das pessoas que não sentem nada por nós. Ela já não me ama, nunca amou.

Logo em seguida me reconhece e sorri, vem até mim, me beija com alegria e a alma volta ao meu corpo.

Ela é treze anos mais nova que eu. Isso quer dizer que, quando tive minha primeira menstruação, ela ainda não tinha nascido. Quando fiz sexo pela primeira vez, ela ainda usava fraldas. Quando li *Cem anos de solidão*, ela ainda não tinha aprendido a falar. Quando ela fez sua primeira comunhão, eu já tinha feito um aborto. Poderia continuar. Cansei de fazer essas comparações perturbadoras e inquietantes. E não é só isso que nos diferencia. Ela não apenas é branca e mais jovem, mas também muito magra. No início, quando fazíamos amor, eu fechava os olhos com força para não ver que o volume do meu corpo era quase o dobro do seu. Estive prestes a romper por achar que não conseguiria me excitar muito sem me sentir bem pequena na cama. Coisas do patriarcado. Depois aprendi a me sentir grande e a adorá-la como uma onda adora uma estrela-do-mar ao tragá-la.

Ela gosta de mim do jeito que eu sou, é o que vive me dizendo, é muito gente boa ou muito feminista para não sentir isso de verdade, mas a aceitação do corpo é apenas teoria. O corpo nascido marginal, por escassez ou abundância, sempre incomoda e sempre se sente questionado. Não acredita em ninguém, muito menos no amor. O *troll* se alimenta do medo, e eu sou meu próprio *troll*. A possibilidade de um corpo melhorável, enxugável, futurível, assedia por dentro e, por mais que vá minando as possibilidades de que esse corpo seja válido, sabe-se em progresso e na expectativa. Mas um corpo rejeitado, marrom, é estático, viveu muito tempo na clandestinidade e todo dia volta a se sentir o corpo de uma menina do passado aos olhos dos racistas.

Tem certa lógica que por momentos eu sinta o medo do abandono me carcomer por dentro. Que eu oscile entre o medo de que minha namorada branca de natureza não monogâmica me esqueça e o horror de que meu marido latino e atraente me troque por outra.

Mas o segundo sinal extrapola toda a lógica. Começo a sentir uma terrível inquietação toda vez que ela sai para trabalhar. Oito horas por dia naquela livraria. Não consigo tirar da cabeça a ideia fixa de que dia após dia ela descobre e lê livros que eu não escrevi. É uma tortura saber da sua admiração pelas palavras de outros, de outras. Traz livros para casa e passa horas lendo longe de mim. Não suporto que ela roube minutos de nós duas para mergulhar no olhar de alguém que não canta a rosa, mas a faz florescer. Sei que muitas vezes ela evita comentar que acha ótimos esses livros, escritos por mulheres muito mais feministas que eu. Ela ri e chora, aprende e se deslumbra. E nada disso tem a ver comigo.

Tenho nojo dos meus pensamentos. Que porra eu quero? Por acaso já não transei do jeito que eu queria? Por que não deixo os dois em paz? Por acaso eu também não quero continuar transando com outros? Resolvo tomar uma atitude. Procurar meu maldito quarto próprio. E me desligar dela, dele; acabo me contentando em fazer coisas novas e estranhas procurando distrair meus demônios, coisa que sempre detestei na autoajuda feminina, para encontrar a solução final. Mas procuro apoio entre companheiras dedicadas ao ativismo e à luta política nos seus espaços, que vêm trabalhando juntas em torno de ideias e experiências compartilhadas, muitas dolorosas, que eu venho ruminando faz tempo sem me atrever a mostrar para o mundo. Não sou branca, não vou fazer uma oficina de cerâmica. Fico sabendo que várias mulheres estão organizando um grupo de afinidade chamado "Descolonizando meu desejo" para falar de corpos e sexo-afetividade. Só para racializadas. Pego e me inscrevo. Estou decidida a ir lá e trabalhar essa questão. O nome agora não me diz nada. Quero extirpar de mim o patriarca que me habita e parar com o ciúme obsessivo da minha namorada espanhola.

Alguns dias depois, finalmente consigo o e-mail do wienerólogo Riviale e resolvo lhe escrever. Envio para ele uma mensagem ainda impactada pela recente descoberta daquele nome estranho na certidão do meu bisavô. Não é uma certidão de nascimento, e sim de batismo, mas mesmo assim complica tudo — ou resolve?

Gabriela Wiener <gwiener@gmail.com>
Olá, Pascal. Meu nome é Gabriela Wiener, sou jornalista, escritora e descendente de Charles Wiener. Não costumo me apresentar assim, mas posso explicar o porquê. Sei que você dedicou parte das suas pesquisas à figura de Wiener. Posso lhe fazer algumas perguntas?
Gabriela

Pascal Riviale
Prezada Gabriela:
Durante minhas pesquisas, tive a oportunidade de conhecer a hipótese de que Charles Wiener teria deixado descendência no Peru. Interessa-me saber sua opinião acerca desse assunto e por certo responderei às suas perguntas com prazer. Publiquei recentemente uma reedição do relato da viagem de Wiener, com uma introdução minha na qual reúno diversos dados biográficos que poderiam ser do seu interesse.
Fico à sua disposição.
Pascal

Como assim, que opinião eu poderia dar sobre a descendência de Charles no Peru? Sem perceber, Riviale acaba de me chamar, quero acreditar que com a melhor das intenções, de "hipótese". Durante toda a minha vida sempre ouvi que meu nome é seguido do sobrenome de um senhor chamado Charles, mas aqui estou agora sendo posta em dúvida pelo especialista, como se eu fosse uma das descobertas espúrias de Wiener. Eu e todos os membros do grupo do Facebook.

Acabo de perceber que perguntei a um europeu desconhecido o que ele sabe de mim, o que ele sabe de nós. E o pior é que ele acha que sabe, o pior é que ele me respondeu.

A poucos metros do local onde Charles faz seu discurso, no Palácio do Trocadero, encontra-se uma das atrações mais populares da exposição, o zoológico humano Povo Negro que recria uma comunidade africana com quatrocentos nativos autênticos importados para a ocasião, como uma Disney do colonialismo. O museu é inspirado nas exibições humanas do zoólogo alemão e capataz de circo Carl Hagenbeck, que continuaram em atividade até 1930 no Jardim da Aclimação de Paris, um local didático para mostrar aos franceses como suas colônias funcionavam. Milhares de visitantes pagaram ingresso para ver seres humanos em cativeiro, com o pretexto do conhecimento. Na Alemanha e na Bélgica também foram uma atração muito popular, e só em 1958 foi fechado o último zoológico com pessoas em Bruxelas. Dessa vez, centenas de congoleses, muitos deles crianças, foram exibidos atrás de uma cerca de bambu. Os funcionários da exposição exortavam os visitantes a jogar dinheiro ou bananas quando aqueles estavam muito quietos.

As reconstruções estapafúrdias em cartão-pedra de aldeias inteiras foram povoadas com nativos reais levados à Europa por meio de enganos ou simples sequestro. Uma família inteira foi raptada da baía San Felipe, na Terra do Fogo, e seus membros, presos com correntes, foram expostos em jaulas, sem acesso a nenhum asseio para parecerem selvagens e, para simular que eram canibais, todas as tardes lhes atiravam pedaços de carne crua. No Jardim da Aclimação, duas famílias de mapuches formadas por seis homens, quatro mulheres e quatro crianças foram exibidas jogando *palin* e tocando *trutruca*.*

Nessa mesma época, em Madri, no distinto parque do Retiro, bem ao lado do Palácio de Cristal, a Espanha também teve a chance de estar na última moda colonial abraçando a tendência dos zoos humanos europeus. É verdade que àquela altura já restavam poucas colônias ao depauperado império, mas não quis ficar atrás das demais potências e, em outubro de 1887, inaugurou seu próprio parque temático do racismo com uma centena de indígenas filipinos, entre chamorros, tagalos e carolinos. Os madrilenhos e madrilenhas puderam apreciar como transcorria a vida cotidiana dos seus colonizados, mas as catalãs e os catalães não ficaram para trás. Perto da Plaça de Catalunya, foi aberto ao público o zoológico Negros Selvagens.

Charles não pôde ver o que eu vi, aquele dia em Paris, quando saí do museu do Quai Branly, caminhei muito e contornei o bosque de Vincennes até chegar ao Jardim Tropical, outra sede decadente das exposições coloniais, a terra onde plantaram mudas de café e instalaram a cenografia falsa das suas propriedades em terras distantes. Agora a grama pouco tem de tropical, mas cresce livre e indômita cobrindo os cenários do acampamento tuaregue, da aldeia indochinesa e das ruínas do pavilhão do Congo arrasado por um incêndio intencional. Já não há nem rastro das pessoas que foram transformadas em espetáculo, e a gente até poderia pensar que esse jardim em estado de abandono significa que superamos essas ideias e progredimos como humanidade, mas é outra imagem enganosa.

---

* *Palin*: jogo coletivo parecido ao hóquei sobre grama, no qual duas equipes de cinco a quinze jogadores são desafiadas a conduzir com tacos uma bola até a linha de fundo do campo adversário. *Trutruca*: instrumento de sopro mapuche semelhante à trompa alpina, confeccionado com um tipo de bambu dos Andes e chifre bovino. [Todas as notas de rodapé são do tradutor]

Charles dá uma tossida, limpa a garganta. Segurando nas mãos o papel datilografado e úmido do seu discurso, pensa ver ao longe um menino correndo perdido nas galerias do Campo de Marte e titubeia. É o pequeno Karl perambulando pelos corredores do reformatório cheio de garotos ladrões que seu pai administra em Viena. Ou é Juan, que pensa ver louco de desespero ao ser afastado dos braços da mãe índia alcoolizada. Por um instante sua vista se turva, pensa que talvez tenha perdido a razão, porque não pode deixar de imaginar sua certidão de nascimento: Karl Wiener Mahler, *jüdische*. Vê a si mesmo chegando a Paris, depois de enterrar o pai na Áustria, de mãos dadas com a mãe. Vê a si mesmo olhando as ilustrações de "O judeu entre os espinhos", o conto dos irmãos Grimm que leram para ele na escola. E sente aquele mesmo estremecimento quando o pássaro cai ferido entre as sarças e o judeu não pode resgatá-lo porque o som de um violino o faz dançar como um possesso. Vê a si mesmo recebendo a enésima negativa à sua carta para o ministro da Justiça, ainda antes de completar os dezoito anos, pedindo a nacionalidade francesa. E mais tarde está tão farto de ser um obscuro professor de alemão que poderia arrancar a própria língua. Numa visão que o assalta e dura um segundo, o futuro é uma bola de papel amassado na mão da História, onde estão riscados nossos nomes.

E é como se as exposições universais, as missões, as expedições, as apresentações, os circos, os jardins, as escavações, os museus, os campos cuspissem criaturas e as soltassem sem que ele nem ninguém conseguisse conter sua diáspora e as jaulas se abrissem e fugissem os cães mesoamericanos, os mouros, os tártaros, os bárbaros, os anões, os albinos, os corcundas, os gladiadores, as centenárias, os siameses, os seis escravos de Cristóvão Colombo, a bunda de Sarah Baartman, a Vênus hotentote, Ota Benga e seu orangotango, a mulher barbada, Máximo e Bartola, os meninos microcéfalos de El Salvador, os liliputianos astecas, os selknam, levados da Terra do Fogo e confinados no recinto das avestruzes, os nômades, os não contatados, os judeus.

Mas é apenas uma breve comoção, uma fuga que ocorre na sua cabeça. Bebe um gole de água, deixa de vê-los e pode continuar falando das espetaculares muralhas do Chan Chan construídas por homens sempre mais antigos que nós.

Meses depois da sua gloriosa tarde na grande Exposição Universal, chegou a tão esperada carta. Charles, você já é francês.

O racismo científico teve seu apogeu no século XIX graças aos avanços em vários campos do conhecimento ilustrado que ajudaram a criar as bases de uma concepção racista das sociedades. Biólogos e antropólogos se empenharam em dividir a espécie humana em classes a partir da cor da pele e outros traços físicos, estabelecendo uma hierarquia entre pessoas e outorgando a supremacia à raça branca. Foi na segunda metade da centúria que os impérios europeus usaram essas teorias para justificar a exploração colonial e as políticas genocidas na América, Ásia, Oceania e principalmente na África. Em 1885 foi legalizada a partilha da África na Conferência de Berlim, um encontro entre doze países europeus, Estados Unidos e o Império Turco para se atribuírem direitos territoriais exclusivos sobre esse continente sem perguntar aos povos que o habitavam. Essa visão do mundo legitimou que o rei Leopoldo II da Bélgica ficasse com o Congo como propriedade privada, seu parque de diversões pessoal para escravizar, torturar e assassinar congoleses de modo sanguinário. A França conquistou Madagascar e destruiu Tombuctu e o Reino do Daomé. A Grã-Bretanha fez o mesmo com o Benin. Em 1906, na Conferência de Algeciras, França e Espanha repartiram o Marrocos.

Nessa ponte frágil que continua a se estender na minha imaginação, não posso esquecer que Charles nasceu com o racismo moderno, o que alicerça as nações tal como as conhecemos; ele não passa de um refinado produto do seu tempo. Nasceu judeu nos anos em que a Europa inteira começava a achar que os judeus tinham deflagrado uma conspiração universal para dominar o mundo. Quatro anos antes do seu nascimento, alguns judeus de Varsóvia tiveram o cabelo e a barba rapados por defenderem seus trajes típicos. Wiener tinha um ano de vida quando Wagner publicou um artigo sustentando que os músicos judeus faziam mal à cultura alemã. Dois anos quando o filósofo francês Arthur de Gobineau publicou seu *Ensaio sobre a desigualdade das raças humanas*. E quando já estava na América Latina como mais um viajante francês, o jornalista mau-caráter francês Édouard Drumont organizou a liga antissemita para alertar que os judeus estavam se apoderando da França. Quando Charles morreu, faltavam apenas vinte anos para o Holocausto.

O darwinismo social e as teorias eugenistas estavam no auge na década de 1870, a das expedições de Wiener. Não sei se ele acreditava na inferioridade das raças não brancas, mas não justificava seu extermínio, confiava no seu progresso e regeneração. Segundo Charles, não era só a Coroa espanhola que tinha degradado aqueles povos, mas também seus herdeiros, as elites peruanas *criollas*, que persistiram na opressão e

exploração dos descendentes dos grandiosos incas até reduzi-
-los irremediavelmente a despojos. Foi por isso que ele levou
Juan para a Europa, para provar que em outro contexto podia
ser civilizado, assimilado, convertido no bom selvagem que
ele mesmo era.

Não posso culpá-lo por tentar sobreviver, por se converter,
por montar esse desesperado enredo picaresco do arqueólogo
profissional, afoito por ser valorizado num meio hostil. Até
conseguir todo o reconhecimento de que necessitava. Com
suas estratégias mentecaptas de autopromoção, obteve o que
toda pessoa estigmatizada persegue, a imunidade. Mas como
o melhor lugar para se esconder é em meio aos inimigos, Wiener fez todo o percurso da vítima que se transforma em car-
rasco. *Foi o arco e a flecha, a corda e o ai.*

Minha própria escalada violenta de medos tem origem no
trauma.

Quem diria que não sou sua neta?

O grupo "Descolonizando meu desejo" é aberto apenas a pessoas imigrantes e racializadas, por isso é apresentado como um "espaço não misto". Não é para brancos. Esse talvez seja o único lugar no mundo em que ser casada com uma mulher branca e magra não dá prestígio; ao contrário, pega mal. Aqui a Roci, mesmo sendo lésbica, não é bem-vinda. Aqui a branquitude por convicção é vista com desconfiança, como numa performance viva, para reverter o olhar cruel que há séculos recai sobre nossos corpos. Olha-se o poder com intransigência porque o poder também é racial. É um modo vingativo e simbólico de reivindicar o que nos foi roubado. Estamos na Espanha: em troca nos reservamos o direito de admissão neste recanto. De certo modo, é um experimento pedagógico para fora, e para dentro outra forma de estarmos juntas, de refletirmos sobre o que nos dói e sonharmos com uma reparação. Qualquer pessoa com alguma curiosidade sobre o racismo e uma mínima vontade de encará-lo como um chamado de atenção para o regime aprende em primeiro lugar que, se você acha essa nova e reluzente hostilidade um racismo às avessas, não merece estar aqui ouvindo o que temos a dizer.

Estamos sentadas em círculo na sala mais ampla da casa ocupada, e cada uma vai contando quem é, de onde vem, por que veio, com quem transa e o que a aflige. Somos todas mulheres, só por acaso, e pelo menos oito de nós transamos com brancos ou brancas, algumas até exclusivamente. A maioria confessa estar farta do seu casamento monogâmico com um senhor ou uma senhora espanhola que a trata com condescendência, frieza e com quem não faz sexo há meses. Devo admitir, sem jeito, que pela primeira vez na vida também não tenho transado muito. Ainda bem que também tenho um marido *cholo*. Quem diria que, em plena onda feminista, o Jaime seria a única ferramenta para eu me descolonizar. Ah, sim, também digo que estou farta do poliamor. Conto, com um constrangimento difícil de disfarçar, os últimos episódios da minha vida contraditória, minha infidelidade anacrônica e o ciúme inadministrável dentro da minha relação aberta.

Começo a temer que isso seja como um grupo de transa-brancos anônimos que viemos redigir nossos doze passos. Para começar, por que queremos parar de fazer isso? Uma das mobilizadoras toma a palavra. É uma colombiana de Barranquilla, corpulenta, não binária e marrom. Pouco antes a vi na porta, despedindo-se da sua amante negra. Tem muito a nos ensinar. Ela olha para mim e diz:

— Não queremos parar de transar com brancos, o que queremos é começar a transar entre nós. Branqueamos o sexo, branqueamos o amor e o racionalizamos. O poliamor, por exemplo, é uma prática branca que não leva em conta como funciona a circulação da desejabilidade e seus limites para pessoas como nós, as feias da festa. Desconfiem dos olhos azuis e da lógica do progresso aplicada ao corpo! Deixamos de desejar e amar corpos como os nossos, nos afastamos das nossas próprias formas de vida amorosa e sexual, do que nos dá na veneta da xota.

Eu tento, juro que tento. Mas cada vez que me esforço, a bundinha macia e branca da Roci ganha vida na minha imaginação, brotam olhinhos nela que me encaram como um personagem do Bob Esponja. Falamos sobre os e as transa-índias e transa-pretas, brancos tomados de uma culpa branca que os leva a se aproximar dos nossos corpos só para nos fetichizar;

mas também do que acontece em nós, corpos racializados, por causa desse mandato, por termos aprendido que os corpos desejáveis são os brancos, magros e normativos, enquanto desprezamos o que se parece conosco. A teoria eu já sei. Mas como é que eu faço para que ela entre no meu corpo? Cristóvão Colombo sussurra ao meu ouvido toda noite com voz de genovês sua típica frase de babaca descerebrado: "Nunca se vai tão longe como quando não se sabe para onde se vai". Meu desejo pela Roci tem muito disso, de síndrome de Estocolmo. Porque ela não deixa de avançar sobre minha ilha de merda. E ela me deseja porque a ajudo a apagar em parte a mancha colonial do seu DNA. Ao contrário de quando Colombo percebeu que havia ouro nas Índias porque viu uma mulher usando um piercing brilhante, ela percebeu que me amava quando viu tudo que tinham tirado de mim. Eu a comovo.

— Estamos aqui para questionar o desejo e descolonizar nossas camas. Trabalhemos duro em perder o fascínio pelo que nos ensinaram que é belo.

Certo, questiono meu desejo, faço isso com consciência, mas a angústia toma conta de mim. Quando eu desaprender esse fascínio pelo colonizador, vou continuar querendo fazer amor com ela, compartilhar minha vida com a espanhola, ou terei que deixá-la? Será essa a solução dos meus problemas? Se a branquitude é um regime político, eu sou como o negro de estimação do fascista? Tudo o que se entende como bonito e feio foi gerado por esse sistema como axioma. "O belo é branco e tem alma", diz nossa guru, enquanto explica que um corpo não branco não tem chances de ser desejado nesse marco, nem de ser amado, porque o paradigma não é apenas estético, é moral e educa nosso sentido do amor.

— Também amamos o que consideramos desejável como produto de uma programação racista. E o feio o que é? Somos nós.

Ainda estou assimilando essa frase da colombiana sobre o orgulho das feias, das expulsas do reino, quando ela propõe uma dinâmica. Coloca sua mochila no centro do círculo, começa a tirar uns dildos de vidro e os distribui entre nós todas. Distribui também uns pedaços de couro, tesouras e nos ensina a confeccionar nosso próprio *flogger*. Diz que vamos jogar o jogo do colonizador. Tira toda a roupa e a joga no chão, dizendo "Eu sou a Lucre, e é isso que eu sou". Toca partes do seu corpo, vira-se, estende os braços num gesto de "É isso aí" e nos passa a bola.

As outras se organizam em duplas. Eu fico sozinha, como nas aulas de educação física da escola, e a Lucre vem em meu socorro. Seus peitos são quase tão grandes quanto os meus, mas muito mais redondos, os quadris largos e uma bunda enorme. Não é fácil ficar vestida ao lado de uma pessoa nua. Não me lembro de ter desejado um corpo assim em toda a minha vida. Tão voluptuoso. Tão escuro. Desejei nas mulheres o que queria em mim, magreza, brancura. De certo modo, a Lucre é minha lição de casa acontecendo em plena aula. Seus olhos são daquelas feridas alegres e tristes que as marrons levam no rosto há séculos. Um par de pequenos lagos quase orientais onde treme a luz. Ela me olha intensamente, uma espécie de esquilo concentrado na sua tarefa de roer o sistema que me possui. Sorri o tempo todo, como de algo secreto. Acha graça em mim. Começa a me guiar sobre seu corpo e sobre o meu. Primeiro bato eu, depois ela. O colonialismo bate sempre na mesma direção e sem consentimento. Estamos criando outros marcos conceituais. O dildo cristalino entre nós hoje é instrumento de carícia.

Somos vozes berrantes que desobedecem ao ideal civilizatório com o puro excesso. Excesso de volume, de gordura, de gordura na comida, nas carnes, nas frituras, excesso de cores na roupa. Músicas românticas e dramas de telenovela, infidelidades cafonas e rompantes de amor. Por outro lado, a falta. Falta de moderação, de educação, de cultura, de higiene, de recato. O inadequado. O lugar da incultura. Pessoas malcheirosas que não sabem, que não entendem, e que são feixs.

Lucre acaba de ler esse texto do coletivo Ayllu, do livro *Devuélvannos el oro*, mais outros textos de Mason, Ortiz, Piña e Godoy. Tomo nota dos títulos para depois procurar. Ela diz que todas deveríamos conhecer seu trabalho de pesquisa, ação artística e política, decolonial e antirracista, de resistência contra a cultura que nos quer instrumentalizar, contra os museus e sua história de espólio e barbárie, contra o Dia da Hispanidade. Para o próximo encontro, temos que levar um texto escrito por nós que interpele tanto quanto os que eles escreveram e mostre nossa ferida colonial em carne viva.

Quase na porta, a Lucre me toca na cintura por trás e me pergunta: quer fumar um? Fumamos, não como dois sujeitos racializados provenientes das ex-colônias do reino da Espanha em processo de descolonizar seu desejo; sem tanta carga simbólica, na verdade. Apenas como duas garotas totalmente estranhas que sabem que vão transar.

De repente me assalta a necessidade de escrever um longuíssimo e-mail para Pascal. Para começar, eu lhe conto que estou a par das suas publicações, que li suas opiniões sobre Wiener, assisti no YouTube à sua palestra em Lima e compartilho com ele o fascínio pelo personagem e a consciência da sua complexidade. A mensagem fica tão longa que resolvo não enviá-la, peço seu telefone e combino de ligar para ele uma tarde para conversarmos. Horas antes, eu lhe mando uma cópia da certidão de batismo de Carlos Wiener Rodríguez. Só tenho aquele fragmento onde consta como seu pai o sr. Manuel Wiener, natural da França. Riviale me escuta. Pergunto se não poderia ser o segundo nome de Charles. A resposta de Pascal me mergulha na perplexidade.

— Como você pode ver, os dados dessa certidão não correspondem aos de Charles Wiener: o nome não é o mesmo. Aí consta Manuel, não Charles; e duvido que Manuel pudesse ser seu segundo nome. Não era "natural da França", como diz aí, pois ele ainda era austríaco quando visitou o Peru, só se naturalizou francês em 1878. Vejo duas possibilidades: ou se trata de outra pessoa com o mesmo sobrenome (eu encontrei nos arquivos franceses outro Wiener que residia no Peru), ou Charles é o verdadeiro pai, mas a mãe de Carlos se enganou ao fornecer os dados. Quando ela o batizou, Charles já tinha voltado para a França.

— Outro Wiener...? Mas, pelas datas, sua estadia coincide com a época em que Carlos foi gerado — digo.

— Olhe: ele chegou ao Callao em fevereiro de 1876 e deixou o Peru em meados de 1877. Chegou a Trujillo em meados de julho de 1876 e ficou lá por algumas semanas. Aí surge uma dúvida: não sei se você já fez os cálculos, mas, segundo a certidão de batismo, Carlos Manuel nasceu no final de maio de 1877, portanto foi concebido em agosto. É possível que Charles ainda estivesse presente na cidade nesse momento...

Portanto é possível. Só isso, possível.

Por alguns instantes me imagino soltando essas dúvidas no Facebook da família Wiener. Acho que mandariam reduzir minha cabeça como um troféu. Dúvidas que ofendem. Em todo caso, seria uma coincidência muito estranha que justamente naquela época houvesse outro Wiener meio francês no Peru que tivesse procriado nessa mesma temporada, deixando para trás uma senhora desconhecida grávida de um menino chamado Carlos (Charles), que cresceria sem pai, e que este tivesse sumido sem deixar rastros.

Ligo para o meu tio historiador.

— Pode ter absoluta certeza de que o tal Manuel é o Charles. Não tenho a menor dúvida disso. Eu assisti a uma conferência do Riviale aqui em Lima. Ele sustenta que, cotejando os relatórios oficiais e o livro *Perú y Bolivia*, este conteria alguns exageros e que Wiener teria atribuído a si mesmo alguns achados de outros. É claro que naquela época ninguém tomava o cuidado de citar as fontes, mas esse pesquisador me deu a impressão de querer depreciar o trabalho de Wiener. Tinha muitas informações dos arquivos franceses, mas lhe faltava documentação produzida no Peru. Estava muito influenciado por um informante francês e arqueólogo amador que acusou Wiener de se apropriar das suas descobertas.

Invejo o modo como ele arreganha os dentes em defesa de Charles e da família, com suas luzes e sombras. Mas tento trazê-lo de volta ao tema da nossa filiação. Segundo ele, talvez María Rodríguez tenha posto esse nome na certidão para não ser "objeto de alguma reclamação". Como quando a gente compra um produto e descobre que está quebrado mas perdeu o recibo. E se María tiver lido em algum lugar "M. Wiener" e achado que não era a inicial de Monsieur, e sim a de um nome, um nome como Manuel? O pai do M. Wiener peruano. Ou Charles, Carlos, Carlitos. Na sala que abriga sua coleção no museu parisiense lê-se em letras de forma: M. Wiener.

— Para completar, sobrinha, o nome do pároco também é Manuel. Pode ter sido uma simples confusão.

Já sabemos onde vão parar os vestígios que trazem informação confusa ou equivocada, os mal catalogados ou de origem bastarda ou desconhecida. Sem contexto arqueológico, não há achado. Em 1885, Florentino Ameghino, o naturalista argentino autor da teoria autoctonista do homem americano, escreveu que "todo objeto, por mais raro e curioso que seja, sobre o qual não haja dados exatos quanto à sua procedência e condições de jazida, não tem importância alguma e deve ser eliminado de toda coleção formada com verdadeiro método científico".

Pobres *huacos*. Como a ciência é nazista. Os objetos sem contexto da coleção Wiener, por exemplo, são conservados nos depósitos do museu do Quai Branly, constam no inventário geral, mas nenhum visitante do museu pode vê-los. Estão escondidos nos seus porões desde que a arqueologia virou uma ciência séria, porque fora dali fariam muito barulho, como o fantasma de uma múmia, como Juan ou meu sobrenome. Aonde irão parar as pessoas sem dados exatos de procedência, qual fossa comum os acolhe em vida?

— Não tenho opinião formada sobre essa questão — Riviale me disse naquele dia ao telefone. — Conheço o caso dessa "adoção" narrado em *Pérou et Bolivie*, mas não faço ideia do que aconteceu depois com essa criança nem nunca tive nenhum contato com descendentes diretos de Wiener na França. Eu também gostaria de encontrar descendentes dele, mas não sei como localizá-los. Riviale acaba de me negar pela terceira vez. Aqui estou eu, mas ele não me quer. Desclassificada. Mal atribuída. Não necessariamente autêntica. Outra falsa façanha. Estou muito longe de ser uma descendente à sua altura, útil para seus livros. Se eu sou duvidosa, o outro índio é um personagem literário, o que consegue ser ainda pior. "Descobertas imaginárias" é como o acadêmico chama as fraudes marca Wiener. Não há uma criança perdida, nem encontrada, nem inventada, nem apagada. Nem família que o rejeite, nem nada a que se agarrar. Agora sou eu quem está perdida. Este é o fim do beco sem saída. Não existe um ramo nessa árvore em que eu possa me balançar, nem sequer no pequeno arbusto que cultivei com o amor de outras duas pessoas, porque sou uma má jardineira, porque o reguei com ácido e agora ele está seco e frágil. Também não conto com a segurança que pode dar um sobrenome. É apenas o arbitrário e maníaco uso de um nome ao lado de outro nome arbitrário. Não quer dizer nada e quer dizer tudo. Um amigo historiador costuma dizer que os sobrenomes são um pretexto para explorar. E aqui estou eu, sem saber porra nenhuma.

Faltam alguns dias para o próximo encontro de "Descolonizando meu desejo", e estou na cama com a colombiana, lendo para ela meus poemas e crônicas para ver qual a agrada mais e ela acha mais apropriado para ler na sua oficina. Já falamos um monte do meu tataravô *huaquero*, e ela me contou do seu tataravô escravo. Enquanto me lambe e me acaricia da cabeça aos pés, leio um texto que escrevi sobre um caso que me aconteceu com a avó da Roci.

— Para um pouco, quero que você escute.

Ela vivia me falando da avó. Do chalé da sua infância que venderam depois da morte do avô. Do bairro burguês de Madri onde todas as pessoas eram iguais. De como aquela mulher conseguiu criar uma família numerosa, seus filhos e netos, sempre com a mesma dedicação e carinho. De como ela é elegante e distinta. E, claro, do escudo franquista que tem na sala, ao lado da Virgem. Brincávamos muito sobre como seria esse encontro, esse choque de mundos, no dia em que eu a conhecesse.

A avó já era bem velha, portanto nem precisaríamos dar maiores explicações sobre nós, só o estritamente necessário. Estavam comemorando seu aniversário na casa de um dos tios, havia uma paella no forno e crianças brincando por toda parte. Pensei que chegaria nela como quem chega a um país estrangeiro, cumprimentando e tentando passar despercebida. Pensei que seria possível. Às vezes me esqueço de que aqui não posso me camuflar com o fundo, por mais que eu me esforce. A situação me intimidava um pouco, com todos aqueles tios bebendo cerveja e cantando hinos militares. Sentadas no quintal em volta de uma mesa, uma porção de mulheres, eu incluída, fazia companhia à matriarca fofinha. Já havíamos sido apresentadas, o dia festivo transcorria quase alegre, e eu com ele.

De repente escuto de raspão a avó falar, perguntando para alguém, mais exatamente para uma das filhas, se eu "trabalho bem". Sua voz passa na minha frente, me atravessa sem me tocar, não é a mim que ela pergunta, mas a uma pessoa que tenha voz, que possa responder por mim o que eu mesma não posso, como se pedisse minhas referências. Tentam lhe explicar seu engano, uma das tias da minha garota se desdobra tentando explicar que eu sou a amiga da sua neta, a jornalista que escreve coisas. Ela escreve no *El País*, mãe!, exclama. Mas a avó não percebe o que está acontecendo e agora se dirige a mim para me perguntar em quantas casas faço faxina, porque a paraguaia que trabalha para ela vai passar as férias no seu país no final do mês, e ela vai ficar sozinha. Então me vem à mente o caso hilário que a neta dela me contou, da festa familiar à fantasia em que a avó se vestiu de Maria Antonieta e fez sua cuidadora se vestir de criada. Sabíamos que não ia ser fácil. Mas também não chega a ser como aquele chat vazado dos guardas municipais de Madri, ela não me chamou de "comida de peixe". Coitada, tenho certeza de que não queria me ofender, apenas viu que sou uma *sudaca* e para ela todas as *sudacas* são faxineiras. Esse é o estereótipo. Como é que eu vou julgar essa mulher? Ela viveu uma ditadura, foi educada para agradar aos outros, à sombra do marido num mundo masculino, procriando enquanto o corpo aguentasse, numa sociedade ultracatólica e castradora das mulheres. Não posso fazer isso. Eu me lembro da minha avó Victoria, que era andina e bem racista, que rejeitava a si mesma como tantos *cholos*, ocultando sua origem andina porque andino era sinônimo de pobre e explorado, e ela não queria ser como Josefina, sua mãe. Lá, para não ser discriminado, é preciso descriminar, bandeando-se para o outro lado. Ela falava dos *cholos* com desprezo e, embora não fizesse faxina na casa dos outros, foi operária e pobre e batalhou para deixar de ser. Seria bem engraçado reunir as duas. Mulheres, enfim, como eu, como ela, tão diferentes. Tento rir, fingir por alguns segundos que a situação não me chocou. Trocar olhares cúmplices com as outras mulheres sobre essas antigas gerações de senhoras espanholas que viviam em redomas e não ficavam sabendo de nada, que quando partirem vão deixar o melhor e o pior do seu mundo também agonizante. Gostaria de ter parado para escutar o que ela dizia, sorrir, balançar a cabeça, pegar na sua mão, dizer algo engraçado e juntar esse episódio à minha coleção, ao lado daquela vez que me confundiram com a babá da minha própria filha num parque de Barcelona ou quando um senhor numa farmácia de Lima disse para eu ir à casa dele porque "estavam precisando de uma moça". Contar a história aos nossos amigos às gargalhadas. Nunca esquecer o famigerado dia em que conheci a avó dela, e a mulher quis me levar para casa. E pronto.

Mas dessa vez não consigo, fico em silêncio, deixo a mesa discretamente e vou ao banheiro porque estou com o peito cheio de não sei o quê, como um barulho colossal, e começo a soluçar. Mais do que raiva da avó, tenho raiva de mim mesma por voltar a sentir essa ferida. A da minha vó Vicki e a de tantas outras mulheres que carregam outras dores atravessadas num corpo parecido.

Mas por que estou chorando? Por que estou ofendida? Porque fui à universidade? Porque eu não quis ser a Victoria que não quis ser a Josefina? Porque eu também acho que uma trabalhadora braçal vale menos que uma jornalista que escreve no *El País*? Porque isso lembra minha racialização, a raça que sempre foi e sempre será a medida de mim mesma? Choro porque me dói que voltem a me enfiar inteira nesse escaninho que eles têm na cabeça. Porque sou a Victoria e não sou.

Penso nos esquimós, que conseguem enxergar até vinte tons de branco, enquanto aqui continuamos sendo incapazes de enxergar os matizes. Vivemos com esse outro que preferimos não conhecer, que é estereotipado, negado, preso e deportado.

A Espanha é a vovozinha.

E aí vem a neta dela, que é igualmente branca e espanhola, mas que é outra, entra no banheiro onde estou chorando, olha para mim, levanta minha camiseta e beija meus mamilos pretos, não para me legitimar, mas para que eu pare de chorar. Eu paro e saio de volta para o estrangeiro.

— Acaba assim.

— Adorei.

— Bom, não tem tanta sexopolítica como você gostaria. Um dia ainda vou escrever um poema intitulado "Panchilândia"... não sei o que você vai achar, mas quero que se chame assim... Você sabe por que nos chamam de *panchitos* na Espanha?

— Por causa do milho torrado, que aqui chamam de *panchitos*.

— Isso mesmo, no Peru a gente chama de *canchitas*.

— E somos como bolinhas torradas e salgadas.

— Eu nem fazia ideia disso. Até que alguém falou "lá vêm os *panchitos*" quando viu chegar o Jaime e eu, e aí fui atrás de descobrir.

Gosto de falar dessas coisas com ela. A colombiana veio para Madri quando tinha oito anos. Quando estava com dez, uns garotos da escola do bairro de Pedro Rico pintaram na porta da sua casa: *Conguito*. Ela não apagou a pichação. Um dos vândalos era filho de um jogador do Real Madrid. Outro dia foram até sua janela para cantar a canção dos Conguitos.* Mais tarde começaram a xingá-la de *puta sudaca*. Ela me arrebata. Meu desejo pela Lucre é uma cicatriz gêmea. Para mim, os garotos cantavam "La negra Tomasa". Ela monta em mim, aperta seu púbis contra o meu, inclina-se para me cheirar, nossos peitos pretos e suados se misturam, diz para eu não procurar mais, que é perfeito.

— Adorei! A vovó é a Espanha, e você come a neta dela. E agora, a Grande Colômbia.

Rimos muito. Mas eu, por dentro, não rio tanto assim. Daqui a pouco vou ter que voltar para casa e "administrar". "Administra, Gabi, administra", diz a Lucre, rindo da minha encrenca. Como se pudesse tirar da cartola uma doença do olho. Não é preciso. Agora ela lê para mim seu poema sobre os garotos latinos que morreram atropelados por um trem na estação de Castelldefels, quando atravessavam os trilhos por um lugar não autorizado, tentando chegar à praia para a festa de São João, que marca o solstício do verão. E como gostamos dessa festa alheia em pleno junho. Tão parecida com nossa virada de ano tórrida e praiana. Eram todos filhos adolescentes de latino-americanos que vêm à Espanha para cuidar dos outros, para erguer prédios. Adolescentes que passam a vida sozinhos em casa porque a mãe e o pai estão cuidando dos filhos

---

* Jingle, muito popular nos anos 1980-90, de uma guloseima espanhola que consiste de amendoim coberto de chocolate, cuja letra dizia: *Somos los conguitos y estamos requetebién,/ vestidos de chocolate, con cuerpo de cacahué./ Somos redonditos y siempre vamos a cien,/ vestidos de chocolate con cuerpo de cacahué.* Recentemente, foi alvo de protestos de organizações antirracistas.

dos outros. E nessa noite eles saíram, furaram seu abandono, enfiaram um rojão cheio de luz no cu do sistema, só por uma noite queimaram os bonecos dos seus ódios. Me dá vontade de chorar, digo. Essa maldita praia nos lembra tanto o litoral do Pacífico. Eu também ia muito para lá, quando morava em Barcelona, atraída pela planície de areia e pelo horizonte estendido até o infinito. No seu poema, o acidente é uma metáfora exata da migração: gente que tenta atravessar e morre sem chegar ao outro lado. Um poema com uma ladainha: "Latinos, imprudentes, temerários, insensatos, incivis, inconscientes latinos". Tudo o que gritaram as pessoas, os políticos, os jornais.

— Sabe o que me falou um dos meus amigos peruanos que já morava na Espanha da primeira vez que me acompanhou até o metrô?

— Não. O que ele falou?

— Falou, Gabriela, você já notou que a gente mete medo neles? E eu, que não tinha reparado nisso, que só conhecia o olhar de desprezo dos brancos do meu país, olhei pela primeira vez bem na cara das senhoras e dos senhores espanhóis e tive que lhe dar razão. Vi que apertavam a bolsa disfarçadamente. Que alguma coisa no barulho que fazemos os perturbava. E essa simples descoberta me encheu de um pequeno poder inesperado.

Eu não tinha que atravessar os trilhos do trem porque já estava dentro de um, mas enquanto viajássemos juntos eu lhes daria medo, muito medo.

— Como é possível que o gozo do encontro das nossas corporalidades tenha nos acontecido em sistema oculto, o que o consolida no nosso imaginário como um desejo inexistente e negado?

A Lucre fala assim num dia de sol normal, juro, dá uma tragada do seu baseado, me beija entre risadas estranhas e insiste para eu ler o texto da vovozinha ou escrever "Panchilândia".

Puxa meu rosto até seus dentes e declara que precisa me comer agora, de novo, por favor. Reprimo pensar no Jaime e na Roci enquanto na minha cabeça ecoa essa voz: latina, insensata, incivil, inconsciente. Que é que você vai fazer? Está atravessando os trilhos por onde não deve, sua imprudente, e lá vem o trem a cento e cinquenta por hora. Ela atrás de mim, movendo-se lentamente até pegar um ritmo de investidas constante e cada vez mais forte, e me penetra pela frente e por trás, com os dedos, depois com o osso frio de cristal, profundo, contínuo, rápido, o calor se espalha, tudo arde, eu gemo de prazer, aperto os olhos, encharco sua mão e ela só diz pronto, está descolonizada.

Até agora, você só era para mim o menino daquela cena horrível em que te compraram por algumas moedas e te levaram para a Europa com fins científicos. Charles te usou para se exibir como salvador. E é bem capaz que ele tenha inventado tua existência. Eu fiz de você o símbolo no qual quero me reconhecer mais do que no meu próprio antepassado. Também te descarnei. Fiz de você uma ideia, peça óssea da minha narrativa.

O roubo de crianças que agora conhecemos começa com crianças como você, é um dos esportes coloniais por excelência. Na Austrália, o governo roubou das suas famílias toda uma geração de crianças aborígenes. Pelo menos pediram perdão faz alguns anos. Aqui na Espanha, onde eu moro, o franquismo roubou umas trezentas mil crianças arrebatadas das mães republicanas, prisioneiras ou assassinadas. Mas ninguém pediu perdão por isso.

Eu deveria te chamar de bisavô ou de tio Juan? Para mim você é estranhamento, outro jeito de nos procurarmos nos esgotos do Velho Mundo onde você e eu fomos parar. Não me pergunte por quê.

Mas quem foi você na realidade? Onde viveu? Teve descendência? Teus filhos foram *cholos*, a mistura do índio e do branco que é o peruano médio? Teu raptor, um homem do seu tempo, adorava essas classificações étnicas. No seu livro ele escreve sobre todas as combinações possíveis e as ilustra com vinhetas. Eu me lembro do *cuarterón*, que tem apenas vinte e cinco por cento de sangue negro, e o *requinterón*, com doze e meio por cento. Qual será a porcentagem exata das raças no meu sangue, quais meus níveis de pureza? Você usou o sobrenome Wiener? Vai ver que foi mais um ser incertamente Wiener. Um dia acordou em Paris e se vestiu como essa gente e saiu com sua cara de *huaco retrato*, como a minha, para caminhar pelas pontes do Sena, como se fosse meu gêmeo perdido no tempo. De lá você viu nascer o século XX, esse século em que os brancos europeus mataram outros brancos europeus por não serem brancos o bastante, e finalmente o genocídio foi chamado de genocídio. O que você poderia esperar para si mesmo?

Quero te encontrar, mas na verdade não quero. Temo que qualquer aparição do Juan real mate o Juan simbólico e me deixe novamente órfã.

É sempre nesta hora que converso com minha mãe, quando não tem ninguém em casa e minha filha ainda não voltou da escola, quando minha mãe acaba de acordar e eu paro de escrever meus artigos para fritar frango. Coloco o computador sobre a mesa da cozinha e espero aparecer seu rosto desejoso de informação. Eu preferiria não fazer isso agora que não sei o que fazer com minha vida, porque essa mulher fareja o sangue. Mesmo a longa distância. E eu não quero que ela me passe um sermão nem se angustie por minha causa. Mas se eu não comparecer, ela também vai farejar e vai me mandar aqueles recadinhos desconfiados em que me diz apenas "Gabriela, estou preocupada com você". Mas ela pode esperar sentada que eu lhe conte alguma verdade sobre minha vida! Não vou lhe dizer que minha relação a três está afundando. Não vou lhe falar do meu ciúme, das minhas mentiras, de que estou tentando curar uma velha ferida me deitando com outra mulher como eu. Mas ela vai dar a entender que sabe de tudo antes mesmo de eu abrir a boca.

Ela tinha essas ideias de mãe antiga de querer o melhor para mim, que eu fosse estudar fora, que emigrasse para um lugar melhor. Agora tem que se contentar em falar comigo de temas transcendentais por videochamada enquanto preparo o almoço. Por exemplo, da criança adotada por Charles Wiener e meu incerto sobrenome. E ela o faz do seu jeito.

— Bom, Gabriela. Tente se conectar espiritualmente com seu tataravô e converse com ele, explique suas dúvidas, sua raiva, tudo isso que você está sentindo. Eu faço assim com o papai todos os dias. Fico olhando durante horas para o retrato que pintaram dele e lhe digo poucas e boas, depois o perdoo e até beijo seu rosto a óleo.

— Mãe, você, que acredita em tudo, devia pedir para o Carlos tirar o tarô e lhe perguntar coisas sobre o luto do papai. É muito engraçado.

Carlos era o amigo mais jovem do meu pai e também seu discípulo. O marxismo-leninismo que o mestre lhe inoculou não conseguiu curar seu fraco pela magia. Só poucas horas antes de meu pai morrer é que ele leu sua sorte nas cartas pela primeira vez. Naquela altura, entrevado na sua cama de hospital, pouco lhe importava cair por alguns momentos nas malhas de embustes do capitalismo alienante. Carlos me contou que, antes de escutar a leitura da sua sorte nas cartas, meu pai fez com a boca seu clássico barulho de peido que fazia quando um assunto lhe interessava uma grandessíssima pinoia. Basicamente, o tarô disse que ele ia morrer. Morreu ateu e sem acreditar em nada além da revolução. Nem sequer na morte.

— Não sei, não preciso do tarô... Como anda sua vida, filhinha?

Ela já percebeu que estou tentando fugir pela tangente e está ansiosa. Meu melhor contra-ataque é responder com uma pergunta. Em geral, em situações como essa, digo que o arroz está queimando e que volto a ligar dali a pouco. Mas desta vez não, desta vez vou seguir. Lambuzo outro peito de frango no ovo batido e o empano com farinha de rosca, jogo na frigideira e o óleo quente espirra na minha mão. Solto uns palavrões, e minha mãe me repreende porque acha que praguejar envenena a alma.

— Mãe, você sabia que por um tempo o papai usou um tapa-olho?

De início, ela não sabe do que estou falando, mas logo entende aonde quero chegar. Ao longo dos anos, já falamos várias vezes no assunto da infidelidade e da dupla vida do meu pai, sempre de maneira dolorosa, incompleta, vaga, entre as evasivas e os silêncios que dizem tudo. Durante algum tempo tive vontade de correr e contar tudo para ela, por muitos anos me senti culpada por não ser mais explícita. No fim, não precisei lhe perguntar o quanto ela foi enganada, o quanto teve que fazer vista grossa, o quanto baixou a cabeça. Ela sabe que eu sei. Eu sei que ela sabe. E assim sobrevivemos à vida e à morte. Quando lhe conto a história do tapa-olho, ela não consegue evitar um sorriso, pensando no lado tolo da coisa. Ah, coitado do seu pai!, murmura. Duvido que ela ignore os significados profundos. Logo depois de eu lhe dizer isso, quero calar a boca para sempre, mergulhar as mãos nos pixels e tirar minha mãe de onde a coloquei, fazê-la aparecer nesta cozinha para abraçar suas pernas e pedir perdão por perturbar sua paz.

— Filha, eu só espero que você e sua irmã um dia me perdoem por não ter conseguido largar do seu pai apesar da traição. Acho que vocês sempre esperaram isso de mim, e eu as desapontei.

Ela diz isso e ao mesmo tempo nota meu olhar de desespero. Que é isso, mãe? Não fala assim! Como pode pedir perdão? E então se apressa a dizer, com sua habitual mania de me proteger e não me deixar cair nem sequer quando tropeço na minha própria rasteira, que não me preocupe, que não se comoveu e não está chorando nem vai chorar. Que no máximo vai brigar mais uma vez com o quadro a óleo do papai no fundo do corredor e decerto um dia também acabará por perdoá-lo. Eu viro os filés na frigideira para ela não ver o meu rosto.

— Eu rezo para que você encontre o melhor jeito de amar e ser amada. Vou pôr para tocar a minha música da Loreena McKennitt e entrar em Minerva.

— Em nirvana, você quer dizer.

— Não, em Minerva mesmo. Se cuida, Gabriela. Você se expõe demais. Tchau, filhinha.

Se tem uma coisa que a gente fez bem foi alugar esse prédio industrial cinzento e adaptá-lo como uma casa. Fazia pouco tempo que estávamos juntos, mas já intuíamos que num desses apartamentinhos de Madri nossa gambiarra a três seria inviável. A habitabilidade aqui é relativa, faltam muitíssimas coisas para que seja uma casa, mas tem o principal, espaço para sair correndo quando necessário. Seus quatro quartos, o porão e o quintal foram respiradouros em todas as crises. E nos custa quinhentos euros por mês, quantia que podemos pagar entre os três sem nos autoexplorarmos demais. Alguns cantos estão tomados de teias de aranha, e uma vez apareceu um rato. Trabalhamos e dormimos entre essas altas e ásperas paredes de concreto. Em nenhum outro lugar teria cabido a cama de quase três metros. Nem o casal heterossexual junto há vinte anos e com uma filha que somos Jaime e eu. Nem o novo casal lésbico que somos a Roci e eu. Nem o vínculo estranho e sem nome que formam o Jaime e a Roci. Nem o trio. Nem os fantasmas. Nem os sonhos. Nem os infernos individuais, nem os coletivos. Tudo isso junto subsiste em parte graças a esse lugar.

O Jaime e eu estamos sentados à longa mesa de madeira da sala, cada um num extremo teclando artigos para veículos de imprensa que nos pagarão mal e atrasado. A luz do quintal penetra pelo vidro da porta. O azul do céu de Madri ao fundo me faz dar graças por não estar vendo, para piorar, o cinza do céu limenho com sua garoa insistente. Vejo nosso coelho mordiscando uma cenoura não muito longe do próprio cocô. A Roci acaba de nos dar bom-dia batendo a porta ao sair.

A noite começou com uma pergunta minha nada inocente sobre seu desejo por alguém, e isso levou a uma resposta dura sobre meu controle, o que por sua vez desencadeou uma saraivada de recriminações mútuas que incluiu referências aos meus últimos romances fora do trio, assentando uma rusga rica em palavras dilacerantes que abrem feridas que arrancam desconsolos. O combo de sempre. Tiramos as múmias do armário e não temos como devolvê-las.

Varamos a noite acordadas num canto do porão, para ninguém nos escutar, eu chorando, ela ansiosa, como em centenas de outras noites, eu querendo ao mesmo tempo deixá-la para sempre e fazer amor com ela já. Ela gritando que desse jeito eu só consigo o contrário do que quero. É tão racional para amar como para brigar. Eu só quero que ela me acaricie e me enxugue as lágrimas. Se ela não sabe, não é por sua culpa. Quem dera minha namorada fosse dacrifílica, desse grupo de pervertidos que se excitam com as lágrimas, e chegasse ao orgasmo só de me ver chorar por ela. Seria multiorgástica. Mas meu cipoal é mais antigo do que seu desinteresse.

É muito doloroso para mim não ser sexualmente correspondida. O desejo não satisfeito é extenuante, me dói como o quê. Preciso de muito sexo para esquecer o pouco que me gosto, o pouco que gostaram de mim. Mas é um peixe que morde o próprio rabo, o excesso de ímpeto, de demanda, essa necessidade de ser consolada com sexo não erotiza ninguém, muito pelo contrário. Investiguei o trauma, muito a contragosto, e suspeito que tenha surgido na época em que decidi que o sexo seria minha resistência, meu poder, aquilo que era só meu, que substituiria o amor-próprio ou alheio, sobretudo o vazio; por isso sou incapaz de lidar com a rejeição do meu corpo nu, triste e desejoso.

Corri vingativa para os braços do Jaime, meu marido pobre, poeta e *cholo* como eu. Ele sabe o que se sente ao não ter nada. Também na dor eu me trafico. Recorro ao utilitarismo da bigamia. Ele também não vai transar comigo esta noite, mas sinto menos frio do que dormindo com a Roci. Ela volta à minha procura, exige que eu regresse à minha pena: passar a noite inteira ruminando teto e costas ao seu lado. Mas não, ela por fim me abraça, seu pequeno corpo ossudo me acolhe com ternura até eu esgotar minhas intenções, entregar os pontos, pegar no sono.

Antes não tínhamos nada. Por isso queremos viver um pouco no mundo do avesso, onde temos tudo. Um mundo onde somos as primeiras a ser tiradas para dançar. Onde temos dois maridos e dois amantes. Ainda não consigo deixar de me menosprezar, não esqueço os olhares cruéis nem os condescendentes. Eu era tão bonita sem saber, mas me enfearam, fizeram de mim um monstro irreversível. Agora você vai saber o que é o medo, o medo do abandono transformado em arma de arremesso. Será que as formas do desejo e do amor não se transferem? Será que o "abandono original", o de María Rodríguez por Charles, não age nas sombras da minha linhagem? E o da minha mãe pelo meu pai, legado em cinquenta por cento? Quero falar com ela, quero que me conte toda a sua vida sexual como quem conta uma doença em comum. Quantos abandonos carregamos como informação genética? Quanto desse ciúme é ativado como um escudo protetor?

Sudacas ciumentas e possessivas, exageradas, grudentas, desprezadas, chamuscadas, vitimistas. Delirando entre a telenovela e o bolero.

Sou, é bem provável, a única pessoa nesta casa que foi para a cama com alguém de fora e a única que desconfia patologicamente dos outros. Seria muito cinismo da minha parte admitir que gostaria de ser aquela que não trepa mas confia? Amanhece sem estridências. E a rotina aos poucos se impõe sobre o silêncio, até que ela sai batendo a porta. A poeira se levanta a alguns metros do chão e volta a cair. O Jaime me olha sem dizer uma palavra da outra ponta da nossa mesa de trabalho; antes eu ia chorar no ombro dele, era ele que me socorria das noites intermináveis em que eu chegava solitária à conclusão de que era impossível me amar e me desejar, pedindo o que nunca se deve pedir: mais, sempre mais; ele sabe que minha cara de rã deformada significa que voltei a fazer merda, que espantei a Roci com minhas loucuras. Teclamos com energia para encobrir esse silêncio tenso que sua partida deixou. Faço uma pergunta. Ele responde com monossílabos. Pede para eu lhe passar um livro, eu o deslizo pela mesa até suas mãos. Já faz algumas horas que estamos nos evitando, espiando-nos com o rabo do olho quando o outro não percebe. Meu telefone toca. É a Roci. Está chorando, ou algo parecido.

— Gabi, estou aqui com a Paula e comprei um teste de gravidez, entramos no banheiro de um bar e deu positivo.

Respondo vem pra cá, só vem pra cá, por favor, agora mesmo. Conto para o Jaime balbuciando. Nós dois nos abraçamos sem conseguir fazer nada direito, nem pensar, nem respirar, nem beber nossas lágrimas, nem ter um ataque de nervos. A euforia que nos toma é bastante para esperar pela Roci, e girar com ela suspensa nos braços, e contar a novidade para nossa filha no maior alvoroço, e mais tarde nos deitarmos os três na cama gigante, e ficarmos quietos durante horas numa alegria diáfana, a primeira depois de muitos meses desde que meu pai morreu, apenas imaginando a força plena e feroz do nosso laço, abraçados como se do meio dos lençóis fosse brotar um furacão ou um vórtice ou um bebê, jogando-nos dentro e fora, segurando-nos e também nos soltando, olhando para o teto com os olhos fixos num lugar já não tão distante. Algo germinou fora da árvore.

Bem no início, pouco depois de nos conhecermos, escrevi para a Roci um poema distópico em que eu me encontrava presa num campo de concentração. Ela já estava fora muito tempo antes e me ajudava a sair e éramos felizes. A Roci me respondeu com outro poema dizendo que para ela prisioneiro e tirano são a mesma coisa, que os dois lhe causavam a mesma aversão. E era isso, apenas isso, o que mantinha sua sanidade.

Querida filhinha insolente:

Outro dia você me perguntou certas coisas sobre mim que achava que poderiam te ajudar a se entender um pouco. Você queria saber como eu tinha vivido minha sexualidade e minhas relações amorosas. E achei que o melhor era eu te escrever esta carta. Sou tua cobaia. Pensar em te contar minha vida sexual é como escavar da superfície até o mais íntimo usando uma colher. Eu acho que a sexualidade não pode ser entendida isolada das outras dimensões da vida. Gosto de vivê-la com sutileza, talvez porque ultimamente tenho assistido a muitos filmes chineses, gosto quando há uma conexão íntima entre duas pessoas, não penso em três ou em quatro. Bom, espero que isso seja mesmo útil, e já sabe, o limite de tudo o que fazemos é evitar a dor daqueles que amamos.

Minha primeira vez foi com o homem que dali a dois anos seria meu marido no civil e no religioso. Anos mais tarde, um amigo meu me repreenderia por ter casado na igreja quando eu já era uma marxista militante e ateia. Não seria a única incoerência da minha vida.

Nós nos conhecemos na militância política, ligados por ideais de mudança e revolução, primeiro cubanistas, guevaristas e depois antiestalinistas e trotskistas. Falávamos e caminhávamos muito. Eu apaixonada por aquela mente que conhecia todas as guerras havidas e por haver, que tinha o anseio de mudar o mundo e escrevia a respeito de tudo, mas que não falava dos seus sentimentos nem de assuntos familiares, que tinha os olhos alegres. Eu me apaixonei loucamente por ele, e terminadas as reuniões da militância, que eram puras discussões, fazíamos nossa escapada para ficar de mãos dadas, fumar do mesmo cigarro, nos abraçar e nos beijar. Com todos os hormônios a mil por hora, transamos pela primeira vez numa praia que lembro com alguns arbustos verdes, entre a areia e o mar. Com entrega total dos dois, foi um encontro maravilhoso. Assim fui descobrindo meu desejo sexual e minha capacidade para ter cada vez mais orgasmos, que era meu orgulho, e a capacidade de o meu parceiro me fazer feliz sexualmente. Nunca lhe perguntei nem me interessou saber se ele tinha tido relações sexuais com outras mulheres antes de mim. A primeira vez que fizemos amor houve sangue, mas não do meu, e sim dele; tinha rasgado uma parte da membrana do prepúcio. Eu caçoava dele dizendo que tinha tirado sua virgindade. Alguns meses depois desse encontro, num local onde fazíamos as assembleias — pois ainda não tínhamos alugado aquele que seria nosso quarto de amor —, fizemos sexo apaixonado, e aí fui eu quem sangrou. Não sabíamos se tínhamos feito certo.

Nos cinquenta e cinco anos que estivemos juntos, o sexo entre nós foi fogo, e, quando se apagava, não faltava uma crise que acabava em reconciliação, e o sexo voltava a crescer potencialmente. O sexo foi um elemento fundamental na nossa relação de casal. Eu aprendi tudo com ele. Foi paixão descontrolada, num barranco, num corredor, num dormitório coletivo, num acampamento de camaradas, mas não misturados com eles, num banheiro, na cadeia, quando estava grávida de você. Por toda parte eu deixava escrito em papeizinhos *Crazy of love for you*, para ele lembrar que o amava.

As gestações foram uma etapa em que descobri minha dimensão animal. Acima de tudo estavam minhas filhas, e esse sentimento era tão poderoso quanto o sexo. A amamentação foi minha época de sentir outro tipo de prazer, quase orgástico. Ao mesmo tempo o sexo passou a um segundo plano, e começaram as dúvidas, o ciúme, meu em relação a ele. Veio toda a minha formação tradicional, o colégio de freiras que arrancavam as páginas com figuras do corpo dos livros de biologia. Eu pensava que podia engravidar com um abraço. Uma vez, quando era pequena, enfiei meu periquito na calcinha, e senti cócegas e uma coisa gostosa. Mas as freiras fizeram seu trabalho direito, e só vim a me masturbar depois que enviuvei.

Voltando ao assunto, eu era mãe e já não me sentia bonita, aumentei de peso e comecei a procurar mais o sexo do que ele. Podíamos chegar em casa exaustos, e o sexo era a força regeneradora de energia; podíamos estar brigados e fartos, mas nossos olhares, nossos corpos se amavam apesar da raiva ou da impaciência, da tristeza ou da aflição. Tudo ficava para trás quando desnudávamos a alma, as carências e mágoas que era preciso superar e aliviar; então o sexo era sentimento, ternura e plenitude, e meus olhos se enchiam de lágrimas, era algo realmente mágico e espiritual.

Desde o início da nossa relação amorosa, eu repetia o discurso de que não éramos propriedade de ninguém, que as relações entre homens e mulheres sempre envolvem atração e devíamos ser honestos e contar um ao outro nossos encontros amorosos. Houve um tempo em que eu lhe contava minhas aventuras de breves amores e ele me contava que tinha alguém na cabeça. Nas minhas viagens a trabalho, conheci homens interessantes, nada do outro mundo que pudesse substituir "meu" homem, outra incoerência. Portanto, tive relações sexuais extramatrimoniais com outros homens, quando estava entre os quarenta e os cinquenta anos. Ele me falava de mulheres que queriam estar com ele e que ele começava a ter sentimentos de preocupação por elas. Uma dessas acabou virando a "outra", porque eu era a "esposa amante", e começaram as crises, as separações temporárias, desconfianças, dúvidas, choradeiras e reconciliações.

Sim, chorei vendo as costas do meu marido dormindo insensível à minha necessidade de abraço e de sexo que meu corpo pedia. E chorei como uma adolescente quando meu amante não me procurava ou algum encontro não terminava em sexo. Chorei atingindo um orgasmo fabuloso. Era minha época dos hormônios saltitantes dos quarenta. Não posso dizer que alguma vez eu tenha deixado de amar teu pai. Se outra pessoa me tirava o sono, eu pensava que estava no meu direito de sentir, viver, experimentar, e dizia a mim mesma: sou uma doña Juana, posso gostar de outros, mas "meu homem" continua sendo ele. Nunca lhe falei dessas relações, e teu pai nunca me perguntou se eu tinha pulado a cerca. Nunca aceitei que estivesse com as duas, ele sempre jurou que aquilo tinha acabado.

Se nossa história fosse um livro, para mim o final deveria ser com essas duas mulheres que amaram o mesmo homem, que enviuvamos e, no dia em que ele morreu, nos fundimos num abraço forte e sincero, com um choro doído, pois assim se encerrava o capítulo do tempo dividido, das suas mentiras para não magoar uma nem outra, do ciúme, do orçamento duplo, dos momentos de felicidade pela metade, da doença e da morte.

Tive ciúme por algum um tempo, sofri, insultei e chorei, mas aí me perguntei o que eu queria, e me respondi que o amo, que o amo apesar de tudo. E o perdoei de verdade, amei sua filha como se fosse minha e sufoquei a dor dessa infidelidade por causa das minhas filhas adoradas. Sempre pensei, sou mulher, tenho filhas mulheres e não gostaria que elas fossem enganadas, que sua luz e a alegria de se saberem amadas e únicas se apagasse.

Vivemos um drama, conseguimos carregar seu fardo, e isso nos deu maior humanidade. Eu não poderia atirar a primeira pedra. Defendo o direito de nos apaixonarmos e o direito de vivermos com a pessoa que nos faz sexualmente felizes e com quem podemos rir e chorar, com quem podemos ser transparentes e confiantes, sem termos que dar explicações. *Crazy of love for you.*

Fim da confissão da mãe que te pariu.

Te amo, filha.

As duas mulheres do meu pai se encontraram no quarto do hospital onde ele ia morrer. A amante que queria ser a esposa e a esposa que queria ser a amante. Respeitaram seus espaços e seus tempos na despedida, assim como fizeram durante toda a vida. Afastaram-se para dar passagem à outra quando foi o caso. E velaram seu caixão com dignidade rodeadas pela esquerda radical e pela esquerda caviar. Não fingiram. Superaram a tragédia. Varreram e recolheram os restos da festa de outro. Enterraram o tapa-olho com o resto do seu enxoval funerário. E se retiraram cada uma para o seu lado.

Post no grupo da família Wiener

Queridas e queridos. Talvez, apenas talvez, ao contrário do que sempre ouvimos, não sejamos descendentes de Charles Wiener. Há uma alta probabilidade de que sejamos, sim, mas há uma razoável margem de dúvida. O que é absolutamente certo é que somos descendentes de María Rodríguez, aquela mulher da qual não sabemos nada. Tenho certeza de que alguma ou algum de nós algum dia seguirá sua pista e então conseguiremos recuperá-la para a memória familiar ainda incompleta. Pesquisei um pouco e não achei nenhum dado ou registro oficial da descendência de Charles, mas não duvido de que ele tenha podido regar sua semente em cada país onde lhe tocou desenvolver seu trabalho diplomático, do México ao Brasil. De fato, há uma Gabriela Wiener mexicana, arquiteta, que é minha amiga no Facebook e trocamos parabéns nos aniversários. Sabiam que o sobrenome da minha filha é Rodríguez Wiener? O pai dela é um Rodríguez, assim como milhares de pessoas que têm esse sobrenome espanhol. Mesmo assim, é engraçado, não? A ordem dos sobrenomes está invertida. O Rodríguez de María se adianta ao Wiener de Charles e surge o Novo Mundo.

Agora eu me dedico a cuidar do ovo de outro bicho. Escolhemos chamá-lo Amaru Wiener. Foi o jeito que demos de ele ter o sobrenome dos três. A lei ainda não permite ter três sobrenomes, nem três pais. Portanto Wiener ficou sendo seu segundo nome, como Werner ou William. Nunca o sobrenome de Charles foi tão pouco sobrenome. E ao mesmo tempo nunca o foi tanto. Eu permaneço à margem do fato natural e do direito jurídico, não sou a mãe dele por nenhuma dessas razões, mas sou por outras. E Amaru não deixa de ser um filho nascido fora do meu casamento que cresce dentro dele e do vínculo que eu tenho com sua mãe. De todas as supremacias, a de uns filhos sobre outros é uma das mais estúpidas. O Deuteronômio diz que o bastardo só pode entrar na assembleia do senhor depois da décima geração. Não vamos esperar tanto. O primeiro nome do meu filho é quíchua. Amaru é a serpente alada, com cabeça de fogo e rabo de peixe, um animal mitológico. Também é o raio numa das suas metamorfoses, a luz que fertiliza antes do estrondo e da chuva. Nas suas escamas está escrito o absoluto, gravado tudo o que existe. É a divindade dos rios serpenteantes e uma ponte entre o céu, a terra e a água. É um viajante entre mundos. Ele tem os traços da Roci, mas o conjunto do seu rosto lembra o Jaime. Quando nasceu estava tão vermelho que pensei que se parecia comigo, porém aos poucos foi clareando e agora é um menino branco, quase loiro, que come coisas picantes e brinca com dinossauros. Os especialistas o chamariam de mestiço. Minha filha *chola* adolescente acrescentaria: com *passing*. Minha história com ele é como a do tiranossauro rex que cria um bebê alossauro vegetariano, ou como qualquer uma das suas histórias de ninhos trocados. Mas uma história com final feliz. Uma mamãe rex que tem medo de água e um menino nadador. Ou a mamãe dragoa e seu bebê que não cospe fogo. O Amaru tem família aos montes, incluindo a espanhola, pelo menos três avós, ou quatro, forçando um pouco. Às vezes a Lucre vem em casa e comemos banana frita todos juntos no quintal onde floresce a árvore do amor. Na terra ao pé dessa árvore com folhas em forma de coração enterrei as cinzas do meu pai. Minha mãe diz que quando todas essas flores cor-de-rosa desabrocham é porque meu pai está me protegendo e quer que eu saiba disso. Escrevo estas linhas olhando para essa árvore, próxima e silenciosa como meu pai. Imagino que não me entende, mas me acompanha. Amaru não consertou nenhum dos nossos imbróglios amorosos. Seria como dizer que sua simples existência poderia acabar com o racismo. Tremenda besteira. Mas também não vamos viver como se não estivéssemos rodeados de dor. Nos meus piores momentos, penso que um dia ele vai perceber que não somos da mesma manada de criaturas e que não gosta de mim, que não sou nada para ele. Nos meus melhores dias, entendo que devo conviver com esse medo, assim como com todos os demais. Não quero fazer de conta que não existe, não quero que ele pense isso. Quero ensiná-lo a enxergar com os dois olhos.

Desde que meu pai morreu, pratico um jogo solitário comigo mesma — ou será com ele? —, algo a meio caminho entre a morte e as novas tecnologias. Lanço o nome dele na busca do meu Gmail, e aparecem todas as suas mensagens, escolho uma ao acaso e a leio como lemos as tiras de papel dos biscoitinhos da sorte.

Hoje me saiu este e-mail:

Aqui estou eu no meu jornal, que não paga, mas diverte. Continuo brigando com meio mundo. Se não fosse por isso, recolheria minhas coisas e sairia batendo a porta. Meu irmão diz que tenho um fraco pela aventura e pelos empregos mal pagos. Pode ser. Em todo caso, na minha idade é impossível mudar o rumo geral. Mas é bom encarar tudo com calma.

Outro dia tive um sonho ruim. Eu estava dirigindo e te levava no carro, você doente e com muito frio. Mas era pequena. Acordei e tentei pôr as ideias no lugar, dizendo a mim mesmo: "Mas ela já é uma mulher". E depois concluí que, para mim, você continua sendo pequena e cuidável.

Mais um aniversário longe.

Te ama,

Papai

PANCHILÂNDIA
(*Em "Descolonizando meu desejo", sessão 3*)

A primeira vez que me disseram
que eu não escrevia em espanhol.
Que eu não falava corretamente o espanhol.
É *vosotros*, não *ustedes*.
As correções são extirpações.
É *echar de menos*, não *extrañar*.
O ciclone tropical longe do núcleo quente.
Uma igreja sobre uma *huaca*.
Os quatro cavalos correndo em diferentes direções
para desmembrar o corpo.
Para cortar nossas tranças.
Migrar não é voltar a nascer,
é voltar a nomear o que já tinha nome.
Aquele telefone público, quando isso existia,
em que demorei além da conta
e o homem que não podia esperar
viu em mim uma criatura descida das árvores
que trepa com as lhamas.
Essa foi a primeira vez que me gritaram
volta pro teu país,
pra tua casa.
Na realidade,

eu voltaria pra casa, mas já não tenho casa.
Por isso fiz uma casa pra sentir saudade,
pra *extrañar* e não *echar de menos*,
ali dei um novo acento aos meus afetos.
Não sei do que eu poderia falar agora.
Do ninho. Da decisão das aves.
Das estações frias.
Das distâncias.
De ter sido,
de continuar sendo,
de chegar sem chegar,
de me instalar a meio caminho,
de meter medo, de não poder,
de não querer,
de ser perseguida até quando não fiz nada,
de deixar muitas vidas para trás,
de perder tudo,
de começar de novo,
do zero, de baixo,
das filas, da lei,
da minha velha identidade,
da chance que me deram,
de tudo o que lhes devo,
da maternidade solitária,
da minha nova família,
de jurar perante o rei.

Vivo na Espanha há dezoito anos,
mas na realidade
eu habito Panchilândia,
onde todo mundo sorri e nos fala com carinho.
Dizem com carinho *panchi*, *panchita*, machupicchu, festa
nacional.

A piada com que dizem gostar de mim
faz que pareça normal que não gostem.
Em Forocoches somos a fauna cujo habitat é um shopping
center.
E me falam da peruaninha que faz faxina na casa da Pepa,
como é boazinha, de total confiança.
Acham que é um assunto
que podem conversar comigo
porque eu também sou uma peruaninha confiável.
Será que me branquearam?
Quando vou me integrar?
Que cabelo lindo,
crina de cavalo,
como você faz bem o frango à milanesa.
Que pele, como é suave,
que dentes, que mãozinhas,
tão pequenas e moreninhas.
Eu poderia descer da cordilheira
com um bloco de gelo nas costas
para purificar a colheita.
Você me aplaudiria.

Eu me reproduzi como uma flor de cacto
neste território alheio que vou fazendo meu.
Com uma mulher branca e um homem *cholo*,
enredamos nossas três línguas para fabricar outro ninho.
Polinizados pelo beija-flor-de-pescoço-vermelho.

Mas nos parques infantis sou a babá do meu filho
ou de qualquer filho deles, das suas mães, dos seus pais.
Nem sequer sei chorar com decoro nos velórios.
E também não quero.
Só sei gritar feito um índio diante da morte.

Minha teatralidade de telenovela, meu ciúme
endemoninhado,
meus escândalos.
Mas não voltarão a cortar minha longa trança negra
para jogá-la aos cães.

Minúcias do privilégio da migração documentada.
Há tantos, porém,
que não voltarão a ver seus rios.
Apenas a odisseia
e o buraco negro interior
no limbo do refúgio.
Os que estão aqui melhor que no outro inferno.
Tudo passa,
encadeando-se de norte a sul
como as parreiras na primavera
Como as balas de borracha que disparam
enquanto você nada no trecho Marrocos-Ceuta.
Como um tênis Nike boiando na praia do Tarajal.
Enquanto o rei esquia
com sofisticados apetrechos para a neve.

Nunca deixamos de buscar o que fomos
para começar a ser o que sonhamos.
Num movimento que nos afasta da fronteira,
esse lugar entre a vida e a morte
onde um deputado de direita abraça a polícia.

Europa, disparas contra eles no seu país,
disparas contra eles nas tuas colônias,
disparas contra eles na água,
disparas contra eles nas fronteiras,
disparas contra eles nas suas casas,

disparas no seu coração.
Minha professora de geografia no Peru,
a que me ensinou a escala,
a latitude e a longitude do mundo,
troca as fraldas do teu pai, Espanha.
Tem um pouco de decência.

Depois de um inverno frio como poucos recordavam, sete nativos zulus morreram de pneumonia e forte gripe no chamado, por ironia, Jardim da Aclimação. Com sua admiração, alguns visitantes, um tanto míopes é verdade, derrubaram a resistência às baixas temperaturas parisienses daquelas pessoas vestidas de tanga e chinelos. Também elogiaram sua nobreza inata e sua maravilhosa simplicidade.

Os passantes acharam eficazmente ilustrativo aprender dessa maneira os princípios das ciências naturais e etnográficas, confirmando assim que Darwin tinha razão: eles são eles, os demais são os outros. Estava construída a alteridade.

Mas os curadores franceses queriam ir além e idealizaram uma nova exposição diferente das exposições coloniais habituais. Numa das áreas mais frondosas dos dezenove hectares do jardim, entre as casas de imitação de adobe dos núbios, o fictício acampamento de tendas dos lapões e as grutas pintadas dos bosquímanos, ergue-se o Tahuantinsuyo, a exibição de indígenas peruanos e seus hábitos, a última atração da temporada, numa simulação de outro império, este já desaparecido, o Incanato.

Umas trinta pessoas trazidas de Cusco para essa mostra efêmera performam um passado que o Império Espanhol destruiu por ignorância e cobiça. Com esse olhar presunçoso, o Império Colonial Francês suspira pelo que poderia continuar em pé do antigo e glorioso reino inca se não fosse o desastre perpetrado pela Coroa espanhola. Estamos falando da França, que na época estendera sua soberania a todos os continentes.

Os indígenas, paramentados como autoridades incas ou filhas do sol para a ocasião, mostram ao vivo para os visitantes sua perícia nas artes manuais, sobretudo a cerâmica, a ourivesaria e a tecelagem. Sua arte, claro, parece medíocre aos olhos do observador europeu, quase sem alma se comparada com qualquer expressão plástica local, mas não deixam de reconhecer seu valor documental. Alguém se ruboriza com um *huaco* erótico exposto como parte do cenário, sem saber que o próprio Charles Wiener já qualificara essas figurinhas de barro como indecorosas e repulsivas, capazes de traduzir na sua inocência naïf uma corrupção senil. Aqui é possível ver como as esculturas são modeladas por pequenas mãos morenas de nódulos negríssimos. Isso é melhor do que ir ao cinema, é a conclusão geral.

Enquanto na exposição Povo Negro a ideia dos curadores era criar essa ilusão exotista de natureza selvagem, o mais próximo possível do seu mundo remoto, expressar o perigo dos homens e a hipersexualidade das mulheres das tribos do Norte da África conquistadas com crueldade por exércitos armados até os dentes, na mostra Tahuantinsuyo tenta-se recriar um passado perdido com o ingrediente da nostalgia. Uma utopia devastada pela fúria conquistadora espanhola e pelo sopro vulgar de imensas quantidades de areia e esquecimento sobre o sol dos incas. Trata-se da estigmatização da barbárie da monarquia hispânica pelo ilustrado cientificismo gaulês encenada num parque de atrações crítico. E é, claro, uma autocelebração. Enquanto os franceses brincam de arqueologia no Peru, na África reduzem a população negra pela metade e assentam as bases do racismo científico.

No percurso até o oásis que Atahualpa não verá, uns manequins barbados um tanto grotescos, com armaduras e lanças sobre cavalos inertes de papel machê, parecem avançar preparados para o assalto. Todos se dirigem a essa espécie de grande complexo pré-colombiano disposto à maneira de uma cidadela perdida entre arbustos tropicais no sopé de uma montanha. O público delira diante da visão dos índios contextualizados em meio a blocos de cartão-pedra pintados como pedregulhos lavrados. Os pequenos edifícios se concentram em torno de uma praça que tem no centro uma pirâmide ladeada de uma rocha plana, onde de quando em quando um dos nativos se deita simulando a posição de sacrifício ritual.

As dezenas de moradias são pequenas choças devidamente decoradas com vasilhas de ouro falso dispostas em nichos. Ao lado de cada casa há um curral onde pasta uma lhama. Uma mulher quíchua amamenta seu bebê que pende sobre o colo dela envolto numa manta tecida de vermelhos intensos, enquanto mastiga uma bola de coca para combater o frio e um fio de baba verde escorre por um canto dos lábios até o chão, formando uma pequena poça. Todo o conjunto é rodeado por um longo tapume de esteiras que impede a passagem de um universo ao outro. De vez em quando, porém, um menino de calças curtas estende a mão para tocar as tranças brancas e brilhantes de uma velha vidente.

A essa altura, já faz décadas que o Peru se independizou da Espanha, mas os contratos de semiescravidão seguem vigentes. Quando os indígenas da exposição Tahuantinsuyo foram levados até lá de navio, temeu-se que pudessem adoecer de alguma virose do momento, mas o número de mortos ficou abaixo do previsto. É verdade que um deles se suicidou enforcando-se num galho. Foi inesperado e aterrador. Amanheceu lá, pairando no ar em meio à neblina, como a múmia de uma mariposa gigante que nunca emergirá do casulo. Ninguém no zoo imaginava que os indígenas pudessem conhecer algo tão sofisticado como o suicídio.

Nessa tarde, na última jornada da exposição, foram vendidos mil ingressos, e as pessoas já se amontoam formando longas filas em volta dos zoológicos humanos e das demais exposições. A primeira visão de quem se aproxima do Tahuantinsuyo é um punhado de meninos descalços correndo atrás de um cachorro sem pelo numa algazarra sem etnia. Um deles se detém, apoia-se num muro, um pouco ofegante, e dirige seu olhar às pessoas ansiosas por entrar. As cores do seu poncho com desenhos de serpentes bicéfalas e ondas de mar roído pelo tempo reverberam com o fulgor do tênue mormaço. Uma mulher muito arrumada vê que o menino se afastou do grupo e lhe pede que se aproxime. Estende a ele alguns grãos de milho torrado que os visitantes recebem em saquinhos na entrada, para interagir com os índios. De onde você é?, pergunta-lhe. O menino responde em francês perfeito: sou do Peru. Como você se chama? Juan. E sua mãe? O menino já não responde. Corre em busca dos companheiros e seu rastro se perde no riacho artificial.

Huaco retrato © Gabriela Wiener, 2021
Publicado originalmente na Espanha, em 2022,
por Literatura Random House.
Publicado mediante acordo com Casanovas & Lynch Literary Agency.

Todos os direitos desta edição reservados à Todavia.

Grafia atualizada segundo o Acordo Ortográfico da Língua
Portuguesa de 1990, que entrou em vigor em 2009.

capa
Violaine Cadinot
ilustração de capa
Luana Fortes
preparação
Silvia Massimini Felix
revisão
Paula Queiroz
Ana Maria Barbosa

Dados Internacionais de Catalogação na Publicação (CIP)

Wiener, Gabriela (1975-)
Exploração / Gabriela Wiener ; tradução Sérgio Molina.
— 1. ed. — São Paulo : Todavia, 2023.

Título original: Huaco retrato
ISBN 978-65-5692-464-9

1. Biografia. 2. Perfil biográfico. 3. Memórias. I. Molina,
Sérgio. II. Título.

CDD 928

Índice para catálogo sistemático:
1. Perfil biográfico : Memórias de escritores 928

Bruna Heller — Bibliotecária — CRB 10/2348

todavia
Rua Luís Anhaia, 44
05433.020 São Paulo SP
T. 55 11 3094 0500
www.todavialivros.com.br

fonte
Register*
papel
Pólen soft 80 g/m²
impressão
Geográfica